U0577250

用文字照亮每个人的精神夜空

漫说文化丛书

乡风市声

钱理群 编

湖南人民出版社 · 长沙

● 如何收听《乡风市声》全本有声书？

① 微信扫描左边的二维码关注"领读文化"公众号。
② 后台回复【乡风市声】，即可获取兑换券。
③ 扫描兑换券二维码，免费兑换全本有声书。

● 去哪里查看已购买的有声书？

方法 ①

兑换成功后，收藏已购有声书专栏，
即可在微信收藏列表中找到已购有声书。

方法 ②

在"领读文化"公众号菜单栏点击"我的课程"，
即可找到已购有声书。

序

陈平原

　　据说，分专题编散文集我们是"始作俑者"，而且这一思路目前颇能为读者所接受，这才真叫"无心插柳柳成荫"。当初编这套丛书时，考虑的是我们自己的趣味，能否畅销是出版社的事，我们不管。并非故示清高或推卸责任，因为这对我们来说纯属"玩票"，不靠它赚名声，也不靠它发财。说来好玩，最初的设想只是希望有一套文章好读、装帧好看的小书，可以送朋友，也可以搁在书架上。如今书出得很多，可真叫人看一眼就喜欢，愿把它放在自己的书架上随时欣赏把玩的却极少。好文章难得，不敢说"野无遗贤"，也不敢说入选者皆字字珠玑，只能说我们选得相当认真，也大致体现了我们对20世纪中国散文的某些想法。"选家"之事，说难就难，说易就易，这点如鱼饮水，冷暖自知。

　　记得那是1988年春天，人民文学出版社约我编林语堂散文集。此前我写过几篇关于林氏的研究文章，编起来很容易，可就是没兴致。偶然说起我们对20世纪中国散文的看法，以及分专题编一套小书的设想，没想到出版社很欣赏。这样，1988年暑假，钱理群、黄子平和我三人，又重新合作。大热天闷在老钱那间十平方米的小屋里读书，先拟定体例，划分专题，再分头选文。读到出乎意料之外的好文章，当即"奇文共欣赏"；不过也淘汰了大批徒有虚名的"名作"。开始以为遍地黄金，捡不胜捡；可沙里淘金一番，才知道好文章实在并不多，每个专题才选了那么几万字，根本不够原定的字数。开学以后又泡图书馆，又翻旧期刊，到1989年春天才初步编好。接着就是撰写各书的前言，不想随意敷衍几句，希望能体现我们的趣味和追求，而这又是颇费斟酌的事。一开始是"玩票"，越做越认真，变成撰写20世纪中国散文史的准备工作。只是因为突然的变故，这套小书的诞生小有周折。

对于我们三人来说，这迟到的礼物，最大的意义是纪念当初那愉快的学术对话。就为了编这几本小书，居然"大动干戈"，脸红耳赤了好几回，实在不够洒脱。现在回想起来，确实有点好笑。总有人问，你们三个弄了大半天，就编了这几本小书，值得吗？我也说不清。似乎做学问有时也得讲兴致，不能老是计算"成本"和"利润"。唯一有点遗憾的是，书出得不如以前想象的那么好看。

这套小书最表面的特征是选文广泛和突出文化意味，而其根本则是我们对"散文"的独特理解。从章太炎、梁启超一直选到汪曾祺、贾平凹，这自然是与我们提出的"20世纪中国文学"的概念密切相关。之所以选入部分清末民初半文半白甚至纯粹文言的文章，目的是借此凸现20世纪中国散文与传统散文的联系。鲁迅说五四文学发展中"散文小品的成功，几乎在小说戏曲和诗歌之上"（《小品文的危机》），原因大概是散文小品稳中求变，守旧出新，更多得到传统文学的滋养。周作人突出明末公安派文学与新文学的精神联系（《杂拌儿·跋》和《中国新文学的源流》），反对将五四文学视为对欧美文学的移植，这点很有见地。但如以散文为例，单讲输入的速写（Sketch）、随笔（Essay）和"卓利通"（Feuilleton）固然不够，再搭上明末小品的影响也还不够；魏晋的清谈、唐末的杂文、宋人的语录，还有唐宋八大家乃至"桐城谬种""选学妖孽"，都曾在本世纪的中国散文中产生过遥远而深沉的回音。

面对这一古老而又生机勃勃的文体，学者们似乎有点手足无措。五四时输出"美文"的概念，目的是想证明用白话文也能写出好文章。可"美文"概念很容易被理解为只能写景和抒情；虽然由于鲁迅杂文的成就，政治批评和文学批评的短文，也被划入散文的范围，却总归不是嫡系。世人心目中的散文，似乎只能是风花雪月加上悲欢离合，还有一连串莫名其妙的比喻和形容词，甜得发腻，或者借用徐志摩的话，"浓得化不开"。至于学者式重知识重趣味的疏淡的闲话，有点苦涩，有点清幽，虽不大容易为入世未深的青年所欣赏，却更得中国古代散文的神韵。不只是逃避过分华丽的辞藻，也不只是落笔时的自然大方，这种雅致与潇洒，更多的是一种心态，一种学养，一种无以名之但确能体会到的"文化味"。比起小说、诗歌、戏剧来，散文更讲浑然天成，更难造假与敷衍，更依赖于作者的才情、悟性与意趣——因其"技术性"不强，很容易写，但很难写好，这是一种"看似容易成却难"的文体。

选择一批有文化意味而又妙趣横生的散文分专题汇编成册，一方面是让读者体会到"文化"不仅凝聚在高文典册上，而且渗透在日常生活中，落实为你所熟悉的一种情感，一种心态，一种习俗，一种生活方式；另一方面则是希望借此改变世人对散文的偏见。让读者自己品味这些很少"写景"也不怎么"抒情"的"闲话"，远比给出一个我们认为准确的"散文"定义更有价值。

当然，这只是对20世纪中国散文的一种读法，完全可以有另外的眼光另外的读法。在很多场合，沉默本身比开口更有力量，空白也比文字更能说明问题。细心的读者不难发现我们淘汰了不少名家名作，这可能会引起不少人的好奇和愤怒。无意故作惊人之语，只不过是忠实于自己的眼光和趣味，再加上"漫说文化"这一特殊视角。不敢保证好文章都能入选，只是入选者必须是好文章，因为这毕竟不是以艺术成就高低为唯一取舍标准的散文选。希望读者能接受这有个性、有锋芒，因而也就可能有偏见的"漫说文化"。

1992年9月8日于北大

附记

陈平原

　　旧书重刊，是大好事，起码证明自己当初的努力不算太失败。十五年后翩然归来，依照惯例，总该有点交代。可这"新版序言"，起了好几回头，全都落荒而逃。原因是，写来写去，总摆脱不了十二年前那则旧文的影子。

　　因为突然的变故，这套书的出版略有耽搁——前五本刊行于1990年，后五本两年后方才面世。以当年的情势，这套无关家国兴亡的"闲书"，没有胎死腹中，已属万幸。更让我们感到欣慰的是，这十册小书出版后，竟大获好评，获得首届（1992）新闻出版署直属出版社优秀图书奖选题一等奖。我还因此应邀撰写了这则刊登在1992年11月18日《北京日报》上的《漫说"漫说文化"》。此文日后收入湖南教育出版社版《漫说文化》（1997）和北京大学出版社版《二十世纪中国文学三人谈·漫说文化》（2004），流传甚广。与其翻来覆去，车轱辘般说那么几句老话，还不如老老实实地引入这则旧文，再略加补正。

丛书出版后，记得有若干书评，多在叫好的同时，借题发挥。这其实是好事，编者虽自有主张，但文章俱在，读者尽可自由驰骋。一套书，能引起大家的阅读兴趣，让其体悟到"另一种散文"的魅力，或者关注"日常"与"细节"，落实"生活的艺术"，作为编者，我们于愿足矣。

这其中，唯一让我们很不高兴的是，香港勤＋缘出版社从人民文学出版社购得该丛书版权，然后大加删改，弄得面目全非，惨不忍睹。刚出了一册《男男女女》，就被我们坚决制止了。说来好笑，虽然只是编的书，也都像对待自家孩子一样，不希望被人肆意糟蹋。

也正因此，每当有出版社表示希望重刊这套丛书时，我们的要求很简单：保持原貌。因为，这代表了我们那个时候的眼光与趣味，从一个侧面凸现了神采飞扬的80年代，其优长与局限具有某种"史"的意义。很感谢复旦大学出版社，除了体谅我们维护原书完整性的苦心，还答应帮助解除人民文学出版社版印刷不够精美的遗憾。

2005年4月13日于京西圆明园花园

再记

陈平原

　　转眼间，十三年过去了。眼看复旦大学出版社版"漫说文化"丛书售罄，"领读文化"的康君再三怂恿，希望重刊这套很有意义的小书。

　　只要版权问题能解决，让旧书重新焕发青春，何乐而不为？更何况，康君建议请专业人士朗读录音，转化为二维码，随书付印，方便通勤路上或厨房里忙碌的诸君随时倾听。

　　某种意义上，科技正在改变国人的阅读习惯，一个明显的例子，便是"听书"成了时尚。对于传统中国文人来说，这或许是一种新的挑战。可对于现代中国散文来说，却是歪打正着。因为，无论是胡适的"国语的文学，文学的国语"，还是周作人的"有雅致的白话文"，抑或叶圣陶的主张"作文"如"写话"，都是强调文字与声音的紧密联系。

　　不仅看起来满纸繁花，意蕴宏深，而且既"上口"，又"入耳"，兼及声调和神气，这样的好文章，在"漫说文化"丛书中比比皆是。

如此说来，"旧酒"与"新瓶"之间的碰撞与对话，很可能产生绝妙的奇幻效果。

2018年3月21日于京西圆明园花园

导读

钱理群

　　乡风与市声，似乎是古已有之的；在我们所说的20世纪散文里，却别有一种意义：它与中国走出自我封闭状态，打开通向世界的窗口，政治、经济、文化全面现代化的历史息息相关。随着以上海为代表的现代化工业城市的出现，人们听到了现代工业文明的喧嚣的"市声"。在广大农村，尽管传统"乡风"依在，但小火轮、柴油轮毕竟驶进了平静的小河，"泼剌剌地冲打那两岸的泥土"，玷污了绿色的田野，无情地冲击、改变着旧的"乡景"与"乡风"（茅盾《乡村杂景》）。理论家们、历史家们在"乡风"与"市声"的不和谐中看到了两种文明的对抗，并且慨然宣布：这是古老的农业文明的旧中国与现代工业文明的新中国之间的历史大决战，它们的消长起伏，将决定中国的命运，等等。

　　但中国的作家，对此做出什么反应呢？一个有趣而发人深省的现象是：当作家们作为关心中国命运的知识分子，对中国历史发展道路做理性思考与探索时，他们几乎是毫不犹豫地站在现代工业文明这一边，对传统农业文明进行着最尖锐的批判，其激烈程度并不亚于历史学家与理论家们。但当他们作为一个作家，听命于自己本能的内心冲动、欲求，诉之于"情"，追求着"美"时，他们却似乎忘记前述历史的评价，而几乎是情不自禁地对"风韵"犹存、却面临着危机的传统农业文明唱起赞歌与挽歌来——这种情感倾向在我们所讨论的描绘乡风市声的现代散文里表现得尤为明显。这大概是因为现代散文最基本的特质乃是一种"个人文体"，最注重个性的表现，并"以抒情的态度作一切文章"（周作人《杂拌儿·题记》）的缘故吧。而本能的，主观的，情感、美学的选择，是最能显示中国作家某些精神特质的；我们正可以从这里切入，对收入本集中的一些散文做一番考察。

请注意下面这段自白——

"生长在农村，但在都市里长大，并且在都市里饱尝了'人间味'，我自信我染着若干都市人的气质；我每每感到都市人的气质是一个弱点，总想摆脱，却怎地也摆脱不下；然而到了乡村住下，静思默念，我又觉得自己的血液里原来还保留着乡村的'泥土气息'。"

说这话的正是中国都市文明第一部史诗《子夜》的作者茅盾。这似乎出人意料的表白，使我们想起了一个文学史的重要现象。许多现代中国作家都自称"乡下人"。沈从文自不消说，芦焚在他的散文集《黄花苔·序》里，开口便说："我是从乡下来的人。"李广田在散文集《画廊集·题记》里也自称"我是一个乡下人"，并且说："我爱乡间，并爱住在乡间的人们，就是现在，虽然在这座大城里住过几年了，我几乎还是像一个乡下人一样生活着，思想着，假如我所写的东西里尚未能脱除那点乡下气，那也许就是当然的事体吧。"李广田还提出了"乡下人的气分"的概念，以为这是他自己的以及他所喜欢的作品的"神韵"所在。大概用不着再多引证，就可以说明，中国现代作家与中国的农村社会及农民的那种渗入血液、骨髓的广泛而深刻的联系：生活方式、心理素质、审美情趣不同程度的"乡土化"，无以摆脱的"恋土"情结，等等。这种作家气质上的"乡土化"决定着中国现代文学的基本面貌，并且是现代文学发展道路的不可忽视的制约因素，是我们考察20世纪中国文学所不可忽视的。

当然，无论说"乡土化"，还是"恋土"情结，都不免有些笼统，它实际包含了相当丰富、复杂的内涵，是可以而且必须做多层次的再分析的。

说到"乡风"，人们首先想到的是北京（北平）的风貌；最能显示中国作家"恋土"情结的，莫过于对北京的怀念。在人们心目中，北京与其说是现代化都市，不如说是农村的延长，在那里，积淀着农业文明的全部传统。土生土长于斯的老舍这样谈到"北京"——

"假使让我'家住巴黎',我一定会和没有家一样地感到寂苦。巴黎,据我看,还太热闹。自然,那里也有空旷静寂的地方,可是又未免太旷;不像北平那样既复杂而又有个边际,使我能摸着——那长着红酸枣的老城墙!面向着积水滩,背后是城墙,坐在石上看水中的小蝌蚪或苇叶上的嫩蜻蜓,我可以快乐地坐一天,心中完全安适,无所求也无可怕,像小儿安睡在摇篮里……

"……北平在人为之中显出自然,几乎是什么地方既不挤得慌,又不太僻静:最小的胡同里的房子也有院子与树;最空旷的地方也离买卖街与住宅区不远……北平的好处不在处处设备得完全,而在它处处有空儿,可以使人自由地喘气;不在有好些美丽的建筑,而在建筑的四围都有空闲的地方,使它们成为美景……"

老舍在北京捕捉到的,是"像小儿安睡在摇篮里"的温暖、安稳、舒适的"家"的感觉;所觅得的,是大"自然"中空间的"自由"与时间的"空闲"。"家"与"自然"恰恰是农业传统文明的出发与归宿。这正是老舍这样的中国作家所迷恋、追怀的。老舍把他对北京的爱比作对母亲的爱,是内含着一种"寻找归宿"的欲求的。

另一位著名的散文家郁达夫,他在同为古城的扬州,苦苦追寻而终不可得的,也是那一点田园的诗意,他一再地吟诵"十年一觉扬州梦"的诗句,觉得这里"荒凉得连感慨都教人抒发不出",是充满着感伤情调的。具有艺术家敏感的丰子恺从二十年来"西湖船"的四次变迁里,也发现了传统的、恰如其分的、和谐的"美"的丧失,与此同时,他又感到了"营业竞争的压迫"与他称之为"世纪末的痼疾"——与传统诗意格格不入的"颓废精神"的浸入,他以为这是"时代的错误",因而感觉着"不调和的可悲"。正是由这不可排解的"失落感",形成了现代散文的"寻找"模式——寻找失去了的过去,寻找一去不返的童年,寻找不复重复的旧梦……既是题材,又是结构,更是一种心态、调子。

可以想见,这些已经"乡土化"了的、怀着不解的"恋土"情结的中国作家,一旦被生活抛入了现代化大工业城市,会有怎样的心境、感觉,他们将做出怎样的反应。于是,我们在描写以上海为代表的现代城市的一组散文里,意外地发现了(听见了)相当严峻的调子。尽管角度不一:有的写大城市的贫民窟,表现对帝国主义入侵者盘剥者的憎恨(王统照);有的写交易所"小小的红色电光的数目字是人们创造",却又"成为较多数人的不可测的'命运'"(茅盾);有的写夜上海赌场的"瞬息悲欢、倏忽成败"的人生冒险,以及"冒险中的孤独"(柯灵)……但否定性的倾向惊人的一致。只有周作人的"否定"别具一种眼光:他不仅批判上海"文化是买办流氓与妓女的文化",更发现"上海气的基调即是中国固有的(封建传统文化的)

'恶化'"（《上海气》）；他是希望实现中国文化的真正现代化的。

柯灵的《夜行》也是值得注意的。他似乎发现了别一个宁静的夜上海；据说"烦嚣的空气使心情浮躁，繁复的人事使灵魂粗糙，丑恶的现实磨损了人的本性，只是到了这个时刻，才像暴风雨后经过澄滤的湖水，云影天光，透着宁静如镜的清澈"。但当他到街头小店去寻找"悠然自得的神情"，"恍惚回到了辽远的古代"的感觉时，他就于无意中透露了他向往的依然是一个"城市里的乡村"世界，他醉心的仍旧是传统的"静"的文明。真正能够感受与领悟现代工业文明的"美"的，好像唯有张爱玲。尽管茅盾也曾宣布"都市美和机械美我都赞美"，但这大多是一种理性的分析，张爱玲却是用自己的心去贴近、应和现代大都市脉搏的跳动。只有张爱玲才会如此深情地宣称："我喜欢听市声。比我较有诗意的人在枕上听松涛，听海啸，我是非得听见电车响才睡得着觉的。"这里传达的显然是异于"乡下人"的现代都市人的心理状态与习惯，但再往深处开掘，我们又听到了如下心理剖析——

"我们的公寓邻近电车厂，可是我始终没弄清楚电车是几点钟回家。'电车回家'这句子仿佛不很合适——大家公认电车为没有灵魂的机械，而'回家'两个字有着无数的情感洋溢的联系。但是你没看见过电车进厂的特殊情形吧？一辆衔接一辆，像排了队的小孩，嘈杂，叫嚣，愉快地打着哑嗓子的铃：'克林，克赖，克赖，克赖！'吵闹之中又带着一点由疲乏而生的驯服，是快上床的孩子，等着母亲来刷洗他们……有时候，电车全进了厂了，单剩下一辆，神秘地，像被遗弃了似的，停在街心。从上面望下去，只见它在半夜的月光中袒露着白肚皮。"（《公寓生活记趣》）

原来张爱玲所要捕捉的，也是"家"的温暖、亲切与安详，她在文化心理上的追求，与老舍竟如此地相通。但"家"的意象在她的情绪记忆里，唤起的是"孩子"的"吵闹"的动态，以及"由疲乏而生的驯服"的安静，而不复是老舍的"母亲"的爱抚与召唤，其间的差异也是颇值得玩味的。

我们所面对的正是这样一个饶有兴味的文化现象：中国作家可以比较迅速、也相对容易地接受外来的文化观念、方法，并因此而唤起对传统文化观念、方法的批判热情，但一旦进入不那么明确，有些含糊，似乎是说不清的，却是更深层次的文化心理、审美情趣……这些领域，他们就似乎很难抵御传统的诱惑。对这类现象，简单地作"复古""怀旧"等否定性价值判断，固然十分痛快，但似乎并不解决问题。这里不仅涉及文化心理、审美情趣的民族性，而且也与如何认识人的一些本能的欲求有关联。鲁迅就说过，"人多是'生命之川'中的一滴，承着过去，向着未来。倘不是真的特出到异乎寻常的，便都不免并含着向前和反顾"（《集外集拾遗·〈十二个〉后记》），这就是说，"人"在生命的流动中，本能地就存在"向前"与"反顾"两种对立而又统一的心理、情感欲求，在这个意义上可以说所谓"怀旧"心理、情绪是出于人的本性的。鲁迅在他的散文集《朝花夕拾》小引里，谈到"思乡的蛊惑"时，曾做了这样的心理分析——

"我有一时，曾经屡次忆起儿时在故乡所吃的蔬果：菱角，罗汉豆，茭白，香瓜。凡这些，都是极其鲜美可口的；都曾是使我思乡的蛊惑。后来我在久别之后尝到了，也不过如此；唯独在记忆上，还有旧来的意味留存。他们也许要哄骗我一生，使我时时反顾。"

明知是"哄骗"，却仍要"时时反顾"，这执拗的眷恋，是相当感人而又意味深长的。读者如从这一角度去欣赏收入本集的一些"思乡"之作，例如叶圣陶的《藕与莼菜》，周作人的《石板路》，大概是可以品出别一番滋味的。

事实上，对于有些中国现代作家，所谓"恋土"情结，实质上是对他们理想中的健全的人性与生命形态的一种向往与追求。在这方面，最具有代表性的，大概要算沈从文。他在《湘行散记》里谈到他所钟爱的"乡下人"时，这样写道："从整个说来，这些人生活却仿佛同'自然'已相融合，很从容地各在那里尽其性命之理，与其他无生命物质一样，唯在日月升降寒暑交替中放射，分解。"沈从文醉心的，显然是人性的原生状态，与"自然"相融合的，和谐而又充满活泼的生命力的生命形态。在沈从文看来，这样的原始人性与生命形态正是"存在"（积淀）于普通的"乡下人"身上，中国的"乡土"之中。于是，我们在收入本集的《鸭窠围的夜》里，读到了如下一段文字——

"黑夜占领了全个河面时，还可以看到木筏上的火光，吊脚楼窗口的灯光，以及上岸下船在河岸大石间飘忽动人的火炬红光。这时节岸上船上都有人说话，吊脚楼上且有妇人在黯淡灯光下唱小曲的声音，每次唱完一支小曲时，就有人笑嚷。什么人家吊脚楼下有匹小羊叫，固执而且柔和的声音，使人听来觉得忧郁……

"……这些人房子窗口既一面临河，可以凭了窗口呼喊河下船中人，当船上人过了瘾，胡闹已够，下船时，或者尚有些事情嘱托，或有其他原因，一个晃着火炬停顿在大石间，一个便凭立在窗口，'大老你记着，船下行时又来。''好，我来的，我记着的。''你见了顺顺就说：会呢，完了；孩子大牛呢，脚膝骨好了。细粉带三斤，冰糖或片糖带三斤。''记得到，记得到，大娘你放心，我见了顺顺大爷就说：会呢，完了。大牛呢，好了。细粉来三斤，冰糖来三斤。''杨氏，杨氏，一共四吊七，莫错账！''是的，放心呵，你说四吊七就四吊七，年三十夜莫会要你多的！你自己记着就是了！'这样那样地说着，我一一都可听到，而且一面还可以听着在黑暗中某一处咩咩的羊鸣。"

在小羊"固执而且柔和的声音"与乡民平常琐碎的对话之间，存在着一种和谐；这河面杂声却唤起了一种宁静感——这是动中之静，变中之不变，凝聚着和历史、文明、理念都没有关系的永恒。作家以忧郁、柔和的心态去观照这一切，就感到了某种神圣的东西。沈从文说，这里"交织了庄严与流动，一切真是一个圣境"（《一个多情水手与一个多情妇人》）。

另一位经历、风格与沈从文很不同的诗人冯至，也从"还没有被人类的历史所点染过的自然"里，感受到了"无限的永恒的美"。他大声疾呼："对于山水，我们还给它们本来的面目吧。我们不应该把些人事掺杂在自然里面……在人事里，我们尽可以怀念过去；在自然里，我们却愿意它万古长新。"（《山水·后记》）于是，在冯至笔下出现了《一个消逝了的山村》，这里的森林"在洪荒时代大半就是这样。人类的历史演变了几千年，它们却在人类以外，不起一些变化，千百年如一日，默默地对着永恒"；这里的山路"是二三十年来经营山林的人们一步步踏出来的。处处表露出新开辟的样子，眼前的浓绿浅绿，没有一点历史的重担"；这里也曾有过山村，"它像是一个民族在这世界里消亡了，随着它一起消亡的是它所孕育的传说和故事"，人们"没有方法去追寻它们，只有在草木之间感到一些它们的余韵"。诗人果真从这里的鼠曲草、菌子、加利树，以至幻想中"在庄严的松林里散步"时"不期然地"在"对面出现"的鹿，得到了生命的"滋养"，于是，"在风雨如晦的时刻，我踏着那村里的人们也踏过的土地，觉得彼此相隔虽然将及一世纪，但在生命的深处，却和他们有着意味不尽的关联"。这里也是从"生命"的层次超越时空与一切人为的界限，达到了人与自然，今人与古人的融合。对于"乡风、山景"的这类"发现"，确实是"意味不尽"的。

当然，在20世纪中国散文中，更多的还是社会学意义上的"发现"。读者是不难从收入本集的茅盾"战时城镇风光"速写《成都——"民族形式"的大都会》《"战时景气"的宠儿——宝鸡》，以及贾平凹新时期乡风长卷《白浪街》《秦腔》里，看到中国乡村的变革，社会历史的变迁的。与前述沈从文、冯至的文字相比，自是有另一番风致与韵味。至于收入本集的许多散文，所展示的北京、上海、青岛、南京、扬州、杭州、广州、福州、重庆、成都等大中城市的不同个性，南、北农村的特异风光，在独立的美学价值之外，还具有特殊的民俗学价值，这也是自不待言的。由此而展现的散文艺术多元化发展的前景，也许更加令人鼓舞——尽管读者对收入本集的散文，即使在风格多样化方面，仍然会感到某种遗憾。

1989年5月23日写毕

目　录

想北平

老 舍

设若让我写一本小说，以北平作背景，我不至于害怕，因为我可以拣着我知道的写，而躲开我所不知道的。让我单摆浮搁地讲一套北平，我没办法。北平的地方那么大，事情那么多，我知道的真觉太少了，虽然我生在那里，一直到廿七岁才离开。以名胜说，我没到过陶然亭，这多可笑！以此类推，我所知道的那点只是"我的北平"，而我的北平大概等于牛的一毛。

可是，我真爱北平。这个爱几乎是要说而说不出的。我爱我的母亲。怎样爱？我说不出。在我想做一件事讨她老人家喜欢的时候，我独自微微地笑着；在我想到她的健康而不放心的时候，我欲落泪。言语是不够表现我的心情的，只有独自微笑或落泪才足以把内心揭露在外面一些来。我之爱北平也近乎这个。夸奖这个古城的某一点是容易的，可是那就把北平看得太小了。我所爱的北平不是枝枝节节的一些什么，而是整个儿与我的心灵相黏合的一段历史，一大块地方，多少风景名胜，从雨后什刹海的蜻蜓一直到我梦里的玉泉山的塔影，都积凑到一块，每一小的事件中有个我，我的每一思念中有个北平，这只有说不出而已。

真愿成为诗人，把一切好听好看的字都浸在自己的心血里，像杜鹃似的啼出北平的俊伟。啊！我不是诗人！我将永远道不出我的爱，一种像由音乐与图画所引起的爱。这不但是辜负了北平，也对不住我自己，因为我的最初的知识与印象都得自北平，它是在我的血里，我的性格与脾气里有许多地方是这古城所赐给的。我不能爱上海与天津，因为我心中有个北平。可是我说不出来！

伦敦、巴黎、罗马与堪司坦丁堡（今伊斯坦布尔），曾被称为欧洲的四大"历史的都城"。我知道一些伦敦的情形，巴黎与罗马只是到过而已，堪司坦丁堡根本没有去过。就伦敦，巴黎，罗马来说，巴黎更近似北平——虽然"近似"两字要拉扯得很远——不过，假使让我"家住巴黎"，我一定会和没有家一样地感到寂苦。巴黎，据我看，还太热闹。自然，那里也有空旷静寂的地方，可是又未免太旷；不像北平那样既复杂而又有个边际，使我能摸着—— 那长着红酸枣的老城墙！面向着积水滩，背后是城墙，坐在石上看水中的小蝌蚪或苇叶上的嫩蜻蜓，我可以快乐地坐一天，心中完全安适，无所求也无可怕，像小儿安睡在摇篮里。是的，北平也有热闹的地方，但是它和太极拳相似，动中有静。巴黎有许多地方使人疲乏，所以咖啡与酒是必要的，以便刺激；在北平，有温和的香片茶就够了。

论说巴黎的布置已比伦敦罗马匀调得多了，可是比上北平还差点事儿。北平在人为之中显出自然，几乎是什么地方既不挤得慌，又不太僻静：最小的胡同里的房子也有院子与树，最空旷的地方也离买卖街与住宅区不远。这种分配法可以算——在我的经验中——天下第一了。北平的好处不在处处设备得完全，而在它处处有空儿，可以使人自由地喘气；不在有好些美丽的建筑，而在建筑的四围都有空闲的地方，使它们成为美景。每一个城楼，每一个牌楼，都可以从老远就看见。况且在街上还可以看见北山与西山呢！

好学的，爱古物的，人们自然喜欢北平，因为这里书多古物多。我不好学，也没钱买古物。物质上，我却喜爱北平的花多菜多果子多。花草是种费钱的玩意儿，可是此地的"草花儿"很便宜，而且家家有院子，可以花不多的钱而种一院子花，即使算不了什么，可是到底可爱呀。墙上的牵牛，墙根的靠山竹与草茉莉，是多么省钱省事而也足以招来蝴蝶呀！至于青菜、白菜、扁豆、毛豆角、黄瓜、菠菜等，大多数是直接由城外担来而送到家门口的。雨后，韭菜叶上还往往带着雨时溅起的泥点。青菜摊子上的红红绿绿几乎有诗似的美丽。果子有不少是由西山与北山来的，西山的沙果、海棠，北山的黑枣、柿子，进了城还带着一层白霜儿呀！哼，美国的橘子包着纸；遇到北平的带霜儿的玉李，还不愧杀！

是的，北平是个都城，而能有好多自己产生的花、菜、水果，这就使人更接近了自然。从它里面说，它没有像伦敦的那些成天冒烟的工厂；从外面说，它紧连着园林、菜圃与农村。采菊东篱下，在这里，确是可以悠然见南山的；大概把"南"字变个"西"或"北"，也没有多少了不得的吧。像我这样的一个贫寒的人，或者只有在北平能享受一点清福了。

好，不再说了吧；要落泪了，真想念北平呀！

（选自1936年《宇宙风》第19期）

北平的四季

郁达夫

对于一个已经化为异物的故人，追怀起来，总要先想到他或她的好处；随后再慢慢地想想，则觉得当时所感到的一切坏处，也会变作很可寻味的一些纪念，在回忆里开花。关于一个曾经住过的旧地，觉得此生再也不会第二次去长住了，身处入了远离的一角，向这方向的云天遥望一下，回想起来的，自然也同样的只是它的好处。

中国的大都会，我前半生住过的地方，原也不在少数；可是当一个人静下来回想起从前，上海的闹热、南京的辽阔、广州的乌烟瘴气、汉口武昌的杂乱无章，甚至于青岛的清幽、福州的秀丽，以及杭州的沉着，总归都还比不上北京——我住在那里的时候，当然还是北京——的典丽堂皇，幽娴清妙。

先说人的分子吧，在当时的北京——民国十一二年前后——上自军财阀政客名优起，中经学者名人，文士美女教育家，下而至于负贩拉车铺小摊的人，都可以谈谈，都有一艺之长，而无憎人之貌；就是由荐头店荐来的老妈子，除上炕者是当然以外，也总是衣冠楚楚，看起来不觉得会令人讨嫌。

其次说到北京物质的供给哩，又是山珍海错，洋广杂货，以及萝卜白菜等本地产品，无一不备，无一不好的地方。所以在北京住上两三年的人，每一遇到要走的时候，总只感到北京的空气太沉闷，灰沙太暗淡，生活太无变化；一鞭出走，出前门便觉胸舒，过芦沟方知天晓，仿佛一出都门，就上了新生活开始的坦道似的；但是一年半载，在北京以外的各地——除了在自己幼年的故乡以外——去一住，谁也会得重想起北京，再希望回去，隐隐地对北京害起剧烈的怀乡病来。这一种经验，原是住过北京的人，个个都有，而在我自己，却感觉得格外的浓，格外的切。最大的原因或许是为了我那长子之骨，现在也还埋在郊外广谊园的坟山，而几位极要好的知己，又是在那里同时毙命的受难者的一群。

北平的人事品物，原是无一不可爱的，就是大家觉得最要不得的北平的天候，和地理联合上一起，在我也觉得是中国各大都会中所寻不出几处来的好地。为叙述的便利起见，想分成四季来约略地说说。

北平自入旧历的十月之后，就是灰沙满地，寒风刺骨的季节了，所以北平的冬天，是一般人所最怕过的日子。但是要想认识一个地方的特异之处，我以为顶好是当这特异处表现得最圆满的时候去领略；故而夏天去热带，寒天去北极，是我一向所持的哲理。北平的冬天，冷虽则比南方要冷得多，但是北方生活的伟大幽娴，也只有在冬季，使人感受得最彻底。

先说房屋的防寒装置吧，北方的住屋，并不同南方的摩登都市一样，用的是钢骨水泥，冷热气管；一般的北方人家，总只是矮矮的一所四合房，四面是很厚的泥墙；上面花厅内都有一张暖炕，一所回廊；廊子上是一带明窗，窗眼里糊着薄纸，薄纸内又装上风门，另外就没有什么了。在这样简陋的房屋之内，你只教把炉子一生，电灯一点，棉门帘一挂上，在屋里住着，却一辈子总是暖炖炖像是春三四月里的样子。尤其会得使你感觉到屋内的温软堪恋的，是屋外窗外面呜呜在叫啸的西北风。天色老是灰沉沉的，路上面也老是灰的围障，而从风尘灰土中下车，一踏进屋里，就觉得一团春气，包围在你的左右四周，使你马上就忘记了屋外的一切寒冬的苦楚。若是喜欢吃吃酒，烧烧羊肉锅的人，那冬天的北方生活，就更加不能够割舍；酒已经是御寒的妙药了，再加上以大蒜与羊肉酱油合煮的香味，简直可以使一室之内，涨满了白蒙蒙的水蒸温气。玻璃窗内，前半夜，会流下一条条的清汗，后半夜就变成了花色奇异的冰纹。

到了下雪的时候哩，景象当然又要一变。早晨从厚棉被里张开眼来，一室的清光，会使你的眼睛眩晕。在阳光照耀之下，雪也一粒一粒地放起光来了，蛰伏得很久的小鸟，在这时候会飞出来觅食振翅，谈天说地，吱吱地叫个不休。数日来的灰暗天空，愁云一扫，忽然变得澄清见底，翳障全无；于是年轻的北方住民，就可以营屋外的生活了，溜冰，做雪人，赶冰车雪车，就在这一种日子里最有劲儿。

我曾于这一种大雪时晴的傍晚，和几位朋友，跨上跛驴，出西直门上骆驼庄去过一夜。北平郊外的一片大雪地，无数枯树林，以及西山隐隐现现的不少白峰头，和时时吹来的几阵雪样的西北风，所给予人的印象，实在是深刻、伟大，神秘到了不可以言语来形容。直到了十余年后的现在，我一想起当时的情景，还会得打一个寒战而吐一口清气，如同在钓鱼台溪旁立着的一瞬间一样。

北国的冬宵，更是一个特别适合于看书、写信、追思过去与作闲谈说废话的绝妙时间。记得当时我们弟兄三人，都住在北京，每到了冬天的晚上，总不远千里地走拢来聚在一道，会谈少年时候在故乡所遇所见的事事物物。小孩们上床去了，佣人们也都去睡觉了，我们弟兄三个，还会得再加一次煤再加一次煤地长谈下去。有几宵因为屋外面风紧天寒之故，到了后半夜的一二点钟的时候，便不约而同地会说出索性坐坐到天亮的话来。像这一种可宝贵的记忆，像这一种最深沉的情调，本来也就是一生中不能够多享受几次的昙花佳境，可是若不是在北平的冬天的夜里，那趣味也一定不会如此地悠长。

总而言之，北平的冬季，是想赏识赏识北方异味者之唯一的机会；这一季里的好处，这一季里的琐事杂忆，若要详细地写起来，总也有一部《帝京景物略》那么大的书好做，我只记下了一点点自身的经历，就觉得过长了，下面只能再来略写一点春和夏以及秋季的感怀梦境，聊作我的对这日就沦亡的故国的哀歌。

春与秋，本来是在什么地方都属可爱的时节，但在北平，却与别地方也有点儿两样。北国的春，来得较迟，所以时间也比较的短。西北风停后，积雪渐渐地消了，赶牲口的车夫身上，看不见那件光板老羊皮的大袄的时候，你就得预备着游春的服饰与金钱；因为春来也无信，春去也无踪，眼睛一眨，在北平市内，春光就会得同飞马似的溜过。屋内的炉子，刚拆去不久，说不定你就马上得去叫盖凉棚的才行。

而北方春天的最值得记忆的痕迹，是城厢内外的那一层新绿，同洪水似的新绿。北京城，本来就是一个只见树木不见屋顶的绿色的都会，一踏出九城的门户，四面的黄土坡上，更是杂树丛生的森林地了；在日光里颤抖着的嫩绿的波浪，油光光，亮晶晶，若是神经系统不十分健全的人，骤然间身入到这一个淡绿色的海洋涛浪里去一看，包管你要张不开眼，立不住脚，而昏厥过去。

北平市内外的新绿，琼岛春阴，西山挹翠诸景里的新绿，真是一幅何等奇伟的外光派的妙画！但是这画的框子，或者简直说这画的画布，现在却已经完全掌握在一只满长着黑手的巨魔的手里了！北望中原，究竟要到哪一日才能够重见得到天日呢？

从地势纬度上讲来，北方的夏天，当然要比南方的夏天来得凉爽。在北平城里过夏，实在是并没有上北戴河或西山去避暑的必要。一天到晚，最热的时候，只有中午到午后三四点钟的几个钟头，晚上太阳一下山，总没有一处不是凉阴阴要穿单衫才能过去的；半夜以后，更是非盖薄棉被不可了。而北平的天然冰的便宜耐久，又是夏天住过北平的人所忘不了的一件恩惠。

我在北平，曾经过过三个夏天，像什刹海、菱角沟、二闸等暑天游耍的地方，当然是都到过的。但是在三伏的当中，不问是白天或是晚上，你只教有一张藤榻，搬到院子里的葡萄架下或藤花荫处去躺着，吃吃冰茶雪藕，听听盲人的鼓词与树上的蝉鸣，也可以一点儿也感不到炎热与熏蒸。而夏天最热的时候，在北平顶多总不过九十四五度，这一种大热的天气，全夏顶多顶多又不过十日的样子。

在北平，春夏秋的三季，是连成一片。一年之中，仿佛只有一段寒冷的时期，和一段比较温暖的时期相对立。由春到夏，是短短的一瞬间，自夏到秋，也只觉得是过了一次午睡，就有点儿凉冷起来了。因此，北方的秋季也特别地觉得长，而秋天的回味，也更觉得比别处来得浓厚。前两年，因去北戴河回来，我曾在北平过过一个秋，在那时候，已经写过一篇《故都的秋》，对这北平的秋季颂赞过一道了，所以在这里不想再来重复；可是北平近郊的秋色，实在也正像是一册百读不厌的奇书，使你愈翻愈会感到兴趣。

秋高气爽，风日晴和的早晨，你且骑着一匹驴子，上西山八大处或玉泉山碧云寺去走走看；山上的红柿，远处的烟树人家，郊野里的芦苇黍稷，以及在驴背上驮着生果进城来卖的农户佃家，包管你看一个月也不会看厌。春秋两季，本来是到处都好的，但是北方的秋空，看起来似乎更高一点，北方的空气，吸起来似乎更干燥健全一点。而那一种草木摇落，金风肃杀之感，在北方似乎也更觉得要严肃、凄凉、沉静得多。你若不信，你且去西山脚下，农民的家里或古寺的殿前，自阴历八月至十月下旬，去住它三个月看看。古人的"悲哉秋之为气"以及"胡笳互动，牧马悲鸣"的那一种哀感，在南方是不大感觉得到的，但在北平，尤其是在郊外，你真会得感至极而涕零，思千里兮命驾。所以我说，北平的秋，才是真正的秋；南方的秋天，不过是英国话里所说的 Indian Summer 或叫作小春天气而已。

统观北平的四季，每季每节，都有它的特别的好处；冬天是室内饮食奄息的时期，秋天是郊外走马调鹰的日子，春天好看新绿，夏天饱受清凉。至于各节各季，正当移换中的一段时间哩，又是别一种情趣，是一种两不相连，而又两都相合的中间风味，如雍和宫的打鬼，净业庵的放灯，丰台的看芍药，万牲园的寻梅花之类。

五六百年来文化所聚萃的北平，一年四季无一月不好的北平，我在遥忆，我也在深祝，祝她的平安进展，永久地为我们黄帝子孙所保有的旧都城！

一九三六年五月廿七日

（选自1936年7月1日《宇宙风》第20期）

北京城杂忆

萧 乾

· 一 市与城

如今晚儿，刨去前门楼子和德胜门楼子，九城全拆光啦。提起北京，谁还用这个"城"字儿！我单单用这个字眼儿，是透着我顽固？还是想当个遗老？您要是这么想可就全拧啦。

咱们就先打这个"城"字儿说起吧。

"市"当然更冠冕堂皇喽，可在我心眼儿里，那是个行政划分，表示上头还有中央和省哪。一听"市"字，我就想到什么局呀处呀的。可是"城"使我想到的是天桥呀地坛呀，东安市场里的人山人海呀，大糖葫芦小金鱼儿什么的。所以还是用"城"字儿更对我的心思。

我是羊管儿胡同生人，东直门一带长大的。头十八岁，除了骑车跑过趟通州，就没出过这城圈儿。如今奔七十六啦，这辈子跑江湖也到过十来个国家的首都。哪个也比不上咱们这座北京城。北京"市"，大家伙儿现下瞧得见，还用得着我来唠叨！我专门说说北京"城"吧。

谈起老北京来，我心里未免有点儿嘀咕！说它坏，倒落不到不是。要是说它好，会不会又有人出来挑剔？其实，该好就是好，该坏就是坏。用不着多操那份儿心。反正好的也说不坏，坏的说成好，也白搭。您说是不是这个理儿？

况且时代朝前跑啦。从前用手摇的，后来改用马达了——现在都使上电子计算机啦。这么一来，大家伙儿自然就不像从前那么闲在了。所以有些事儿就得简单点儿。就说规矩礼数吧，从前讲究磕头、请安、作揖。那多耽误时候！如今点个头算啦。我赞成简单点。您瞧，我这人不算老古板吧！

可凡事都别做过了头。就拿"文明语言"来说吧。本来世界上哪国也比不上咱北京人讲话文明。往日谁给帮点儿忙，得说声"劳驾"；送点儿礼，得说"费心"；向人打听个道儿，先说"借光"；叫人花了钱，说声"破费"。光这一个"谢"字儿，就有多么丰富、讲究。

现在倒好，什么都当"修"给反掉啦，闹得如今北京人连声"谢谢"也不会说了，还得政府成天在电匣子里教，您说有多臊人呀！那简直就像少林寺的大和尚连柔软体操也练不利落了。

您说怎么不叫我这老北京伤心掉泪儿！

· 二 京白

五十年代为了听点儿纯粹的北京话，我常出前门去赶相声大会，还邀过叶圣陶老先生和老友严文井。现在除了说老段子，一般都用普通话了。虽然未免有点儿可惜，可我估摸着他们也是不得已。您想，现今北京城扩大了多少倍！两湖两广陕甘宁，真正的老北京早成"少数民族"啦。要是把话说纯了，多少人能听得懂！印成书还能加个注儿。台上演的，台下要是不懂，没人乐，那不就砸锅啦！

所以我这篇小文也不能用纯京白写下去啦。我得花搭着来——"花搭"这个词儿，作兴就会有人不懂。它跟"清一色"正相反：就是京白和普通话掺着来。

京白最讲究分寸。前些日子从南方来了位愣小伙子来看我。忽然间他问我："你几岁了？"我听了好不是滋味儿。瞅见怀里抱着的，手里拉着的娃娃才那么问哪。稍微大点儿，上中学的，就得问："十几啦？"问成人"多大年纪"。有时中年人也问"贵庚"，问老年人"高寿"，可那是客套了，我赞成朴素点儿。

北京话里，三十"来"岁跟三十"几"岁可不是一码事。三十"来"岁是指二十七八，快三十了。三十"几"岁就是三十出头了。就是夸起什么来，也有分寸。起码有三档。"挺"好和"顶"好发音近似，其实还差着一档。"挺"相当于文言的"颇"。褒语最低的一档是"不赖"，就是现在常说的"还可以"。

代名词"我们"和"咱们"在用法上也有讲究。"咱们"一般包括对方,"我们"有时候不包括。"你们是上海人,我们是北京人,咱们都是中国人。"

京白最大的特点是委婉。常听人抱怨如今的售货员说话生硬——可那总比待理不理强哪。从前,你只要往柜台前头一站,柜台里头的就会跑过来问:"您来点儿什么?""哪件可您的心意?"看出你不想买,就打消顾虑说:"您随便儿看,买不买没关系。"

委婉还表现在使用导语上。现在讲究直来直去,倒是省力气,有好处。可有时候猛孤丁来一句,会吓人一跳。导语就是在说正话之前,先来上半句话打个招呼。比方说,知道你想见一个人,可他走啦。开头先说:"您猜怎么着——"要是由闲话转入正题,先说声:"喂,说正格的——"就是希望你严肃对待他底下这段话。

委婉还表现在口气和角度上。现在骑车的要行人让路,不是按铃,就是硬闯,最客气的才说声"靠边儿"。我年轻时,最起码也得说声"借光"。会说话的,在"借光"之外,再加上句"溅身泥"。这就替行人着想了,怕脏了您的衣服。这种对行人的体贴往往比光喊一声"借光"来得有效。

京白里有些词儿用得妙。现在夸朋友的女儿貌美,大概都说:"长得多漂亮啊!"京白可比那花哨。先来一声"哟",表示惊讶,然后才说:"瞧您这闺女模样儿出落得多水灵啊!"相形之下，"长得"死板了点儿，"出落"就带有"发展中"的含义，以后还会更美；而"水灵"这个字除了静的形态（五官端正）之外，还包含着雅、娇、甜、嫩等素质。

名物词后边加"儿"字是京白最显著的特征，也是说得地道不地道的试金石。已故文学翻译家傅雷是语言大师。五十年代我经手过他的稿子，译文既严谨又流畅，连每个标点符号都经过周详的仔细斟酌，真是无懈可击。然而他有个特点：是上海人可偏偏喜欢用京白译书。有人说他的稿子不许人动一个字。我就在稿中"儿"字的用法上提过些意见，他都十分虚心地照改了。

正像英语里冠词的用法，这"儿"字也有点儿捉摸不定。大体上说，"儿"字有"小"意，因而也往往带有爱昵之意。小孩加"儿"字，大人后头就不能加，除非是挖苦一个佯装成人老气横秋的后生，说："嗬，你成了个小大人儿啦。"反之，一切庞然大物都加不得"儿"字，比如学校、工厂、鼓楼或衙门。马路不加，可"走小道儿""转个弯儿"就加了。当然，小时候也听人管太阳叫过"老爷儿"。那是表示亲热，把它人格化了。问老人"您身子骨儿可硬朗啊"，就比"身体好啊"亲切委婉多了。

京白并不都娓娓动听。北京人要骂起街来，也真不含糊。我小时，学校每年办冬赈之前，先派学生去左近一带贫民家里调查，然后，按贫穷程度发给不同级别的领物证。有一回我参加了调查工作，刚一进胡同，就看见显然在那巡风的小孩跑回家报告了。我们走进那家一看，哎呀，大冬天的，连床被子也没有，几口人全蜷缩在炕角上。当然该给甲级喽。临出门，我多了个心眼儿，朝院里的茅厕探了探头。嗬，两把椅子上是高高一叠新棉被。于是，我们就要女主人交出那甲级证。她先是甜言蜜语地苦苦哀求。后来看出不灵了，系了红兜肚的女人就叉腰横堵在门槛上，足足骂了我们一刻钟，而且一个字儿也不重，从三姑六婆一直骂到了动植物。

《日出》写妓院的第三幕里，有个家伙骂了一句"我叫你养孩子没屁股眼儿"，咒得有多狠！

可北京更讲究损人——就是骂人不带脏字儿。挨声骂，当时不好受。可要挨句损，能叫你恶心半年。

有一年冬天，我雪后骑车走过东交民巷，因为路面滑，车一歪，差点儿把旁边一位骑车的仁兄碰倒。他斜着瞅了我一眼说："嗨，别在这儿练车呀！"一句话就从根本上把我骑车的资格给否定了。还有一回因为有急事，我在人行道上跑。有人给了我一句："干吗？奔丧哪！"带出了恶毒的诅咒。买东西嫌价钱高，问少点儿成不成，卖主朝你白白眼说："你留着花吧。"听了有多窝心！

· 三 吆喝

　　一位二十年代在北京做寓公的英国诗人奥斯伯特·斯提维尔写过一篇《北京的声与色》，把当时走街串巷的小贩用以招徕顾客而做出的种种音响形容成街头管弦乐队，并还分别列举了哪是管乐、弦乐和打击乐器。他特别喜欢听串街的理发师（剃头的）手里那把钳形铁铉。用铁板从中间一抽，就会呲啦一声发出带点颤巍的金属声响，认为很像西洋乐师们用的定音叉。此外，布贩子手里的拨浪鼓和珠宝玉石收购商打的小鼓，也都给他以快感。当然还有磨剪子磨刀的吹的长号。他惊奇的是，每一乐器，各代表一种行当，而坐在家里的主妇一听，就准知道街上过的什么商贩。最近北京人民电台还广播了阿隆·阿甫夏洛穆夫以北京胡同音响为主题的交响诗，很有味道。

　　囿于语言的隔阂，洋人只能欣赏器乐。其实，更值得一提的是声乐部分——就是北京街头各种商贩的叫卖。

　　听过相声《卖布头》或《大改行》的，都不免会佩服当年那些叫卖者的本事。得气力足，嗓子脆，口齿伶俐，咬字清楚，还要会现编词儿，脑子快，能随机应变。

　　我小时候，一年四季不论刮风下雨，胡同里从早到晚叫卖声没个停。

　　大清早过卖早点的：大米粥呀，油炸果（鬼）的。然后是卖青菜和卖花儿的，讲究把挑子上的货品一样不漏地都唱出来，用一副好嗓子招徕顾客。白天就更热闹了，就像把百货商店和修理行业都拆开来，一样样地在你门前展销。到了夜晚的叫卖声也十分精彩。

"馄饨喂——开锅！"这是特别给开夜车的或赌家们备下的夜宵，就像南方的汤圆。在北京，都说"剃头的挑子，一头热"。其实，馄饨挑子也一样。一头儿是一串小抽屉，里头放着各种半制成的原料：皮儿、馅儿和佐料儿，另一头是一口汤锅。火门一打，锅里的水就沸腾起来。馄饨不但当面煮，还讲究现吃现包。讲究皮要薄，馅儿要大。

从吃喝来说，我更喜欢卖硬面饽饽的：声音厚实，词儿朴素，就一声"硬面——饽饽"，光宣布卖的是什么，一点也不吹嘘什么。

可夜晚过的，并不都是卖吃食的。还有唱话匣子的。大冷天，背了一具沉甸甸的留声机和半箱唱片。唱的多半是京剧或大鼓。我也听过一张不说不唱的叫"洋人哈哈笑"，一张片子从头笑到尾。我心想，多累人啊！我最讨厌胜利公司那个商标了：一只狗蹲坐在大喇叭前头，支棱着耳朵在听唱片。那简直是骂人。

那时夜里还经常过敲小钹的盲人，大概那也属于打击乐吧。"算灵卦！"我心想，"怎么不先替你自己算算！"还有过乞丐。至今我还记得一个乞丐叫得多么凄厉动人。他几乎全部用颤音。先挑高了嗓子喊"行好的——老爷——太（哎）太"，过好一会儿（好像饿得接不上气儿啦），才接下去用低音喊："有那剩饭——剩菜——赏我点儿吃吧！"

　　四季叫卖的货色自然都不同。春天一到，卖大小金鱼儿的就该出来了。我对卖蛤蟆骨朵儿（未成形的幼蛙）最有好感：一是我买得起，花上一个制钱，就往碗里捞上十来只；二是玩够了还能吞下去。我一直奇怪它们怎么没在我肚子里变成青蛙！一到夏天，西瓜和碎冰制成的雪花酪就上市了。秋天该卖"树熟的秋海棠"了。卖柿子的吆喝有简繁两种。简的只一声"喝了蜜的大柿子"。其实满够了。可那时小贩都想卖弄一下嗓门儿，所以有的卖柿子的不但词儿编得热闹，还卖弄一通唱腔。最起码也得像歌剧里那种半说半唱的道白。一到冬天，"葫芦儿——刚蘸的"就出场了。那时，北京比现下冷多了。我上学时鼻涕眼泪总冻成冰。只要兜里还有个制钱，一听"烤白薯哇真热乎"，就非买上一块不可。一路上既可以把那烫手的白薯揣在袖筒里取暖，到学校还可以拿出来大嚼一通。

　　叫卖实际上就是一种口头广告，所以也得变着法儿吸引顾客。比如卖一种用秫秸秆制成的玩具，就吆喝："小玩意儿赛活的。"有的吆喝告诉你制作的过程，如城厢里常卖的一种近似烧卖的吃食，就介绍得十分全面："蒸而又炸呀，油儿又白搭。面的包儿来，西葫芦的馅儿啊，蒸而又炸。"也有简单些的，如"卤煮喂，炸豆腐哟"。有的借甲物形容乙物，如"栗子味儿的白薯"或"萝卜赛过梨"。"葫芦儿——冰塔儿"既简洁又生动，两个字就把葫芦（不管是山楂、荸荠还是山药豆的）形容得晶莹可人。卖山里红（山楂）的靠戏剧性来吸引人。"就剩两挂啦。"其实，他身上挂满了那用绳串起的紫红色果子。

有的小贩吆喝起来声音细而高，有的低而深沉。我怕听那种忽高忽低的。也许由于小时人家告诉我卖荷叶糕的是"拍花子的"——拐卖儿童的，我特别害怕。他先尖声尖气地喊一声"一包糖来"，然后放低至少八度，来一声"荷叶糕"。这么叫法的还有个卖荞麦皮的。有一回他在我身后"哟"了一声，把我吓了个马趴。等我站起身来，他才用深厚的男低音唱出"荞麦皮耶"。

特别出色的是那种合辙押韵的吆喝。我在小说《邓山东》里写的那个卖炸食的确有其人，至于他替学生挨打，那纯是我瞎编的。有个卖萝卜的这么吆喝："又不糠来又不辣，两捆萝卜一个大。""大"就是一个铜板。甚至有的乞丐也油嘴滑舌地编起快板："老太太（那个）真行好，给个饽饽吃不了。东屋里瞧（那么）西屋里看，没有饽饽赏碗饭。"

现在北京城倒还剩一种吆喝，就是"冰棍儿——三分啦"。语气间像是五分的减成三分了。其实就是三分一根儿。可见这种带戏剧性的叫卖艺术并没失传。

· 四 昨天

四十年代，有一回我问英国汉学家魏礼怎么不到中国走走，他无限怅惘地回答说："我想在心目中永远保持着唐代中国的形象。"我说，中国可不能老当个古玩店。去秋我重访英伦，看到原来满是露天摊贩的剑桥市场，盖起纽约式的"购物中心"，失去了它固有的中古风貌，也颇有点不自在。继而一想，国家、城市，都得顺应时代，往前走，不能老当个古玩店。

为了避免看官误以为我在这儿大发怀古之幽思，还是先从大处儿说说北京的昨天吧。意思不外乎是温故而知新。

还是从我最熟悉的东城说起吧。拿东直门大街来说，当时马路也就现在四分之一那么宽，而且是土道，上面只薄薄铺了一层石头子儿，走起来真硌脚！碰上刮风，沙土能打得叫人睁不开眼。一下雨，我经常得蹚着"河"回家。我们住的房还算好，只漏没塌，不然我也活不到今天了。可是只要下雨（记得有一年足足下了一个月！），家里和面的瓦盆，搪瓷脸盆，甚至尿盆就全得请出来。先是滴滴答答地漏，下大发了就哗哗地往下流。比我们更倒霉的还有的是呢，每回下雨都得塌几间，不用说，就得死几口子。

那时候动不动就戒严。城门关上了，街上不许走人。街上的路灯比香头亮不了多少，胡同里更是黑黢黢的。记得一回有个给人做活计的老太太，挎着一包袱棉花走道儿，一个歹人以为是皮袄，上去就抢。老太太不撒手。那家伙动了武，老太太没气儿啦。第二天就把那凶手的头砍下来，挂在电线杆子上。

看《龙须沟》看到安自来水那段，我最感动了。那时候平民只能吃井水，而且还分苦甜两种。比较过得去的，每天有水车给送到家门口。水车推起来还吱吱扭扭地叫，倒挺好听的。我们家自己就钉了个小车，上头放两只煤油桶，自己去井台上拉，可也不能白拉。

这几年在北京不大看见掏粪的了。那时候除了住在东单牌楼一带的洋人和少数阔佬，差不多都得蹲茅坑，所以到处都过掏粪的。粪是人中宝。所以有粪霸，也有水霸，都各有划分地带，有时候也闹斗殴。

至于垃圾，满街都是，根本没有站。北京城有两个地名起得特别漂亮：一个是护国寺旁边的"百花深处"；一个是我上学必经过的"八宝坑"。可笑的是，这两个地方那时堆的垃圾都特别多，所以走过时得捏着鼻子。

我小学一二年级的时候，北京有电车了。起初只从北新桥开到东单。开的时候驾驶员一路还很有节奏地踩着脚铃，所以也叫"叮当车"。我头回坐，还是冰心大姐的小弟为楫请的。从北新桥上去没多会儿，就听旁边有人嘀咕："这要是一串电，眼睛还不瞎呀！"我听了害起怕来。票买到东单，可我一到十二条就非下去不可。我一回想这件事心里就不对劲儿，因为这证明那时我胆儿有多么小！

五十年代为防细菌战，北京不许养狗了，真可我心意。小时候我早晨送羊奶，每次撂下奶瓶取走空瓶时，常挨狗咬。那阵子每逢去看人，拍完门先躲开，老怕有恶犬从里头扑出来。一九四五年在德国看纳粹集中营的种种刑具时，对我最可怕的刑罚是用十八条狼犬活活把人扯成八瓣儿咬死。

那时出门还常遇到乞丐。一家大小饿肚皮，出来要点儿，本是值得同情的。可有些乞丐专靠恐怖方法恶化缘。在四牌楼一家铺子门前，我就见过一个三十来岁满脸泥污的乞丐，他把自己的胳膊用颗大钉子钉到门框上，不给或者不给够了，就不走。更多的乞丐是利用自己身上的脏来讹诈。他浑身泥猴儿似的紧紧跟在你身后。心狠的就偏不给，叫他跟下去，但一般总是快点儿打发掉了心净。可是这个走了，另一群又会跟上来。

另外还有变相乞丐，叫"念喜歌儿"的。听见哪家有点儿喜事，左不是新婚、孩子满月，要不就是老爷升官、少爷毕业，他们就打着竹板儿到门前念起喜歌了。也是不给赏钱不走。要是实在拿不到钱，还有改口念起"殃歌儿"来的呢。比方说，在办喜事的家门口念道："一进门来喜冲冲，先当裤子后当灯。"完全是咒话。

比恶化缘更加可怕的，是"过大车的"。我就碰上过一回，那时候我刚上初中，好几宿都睡不踏实。"大车"就是拉到天桥去执行枪毙的死囚车，是辆由两匹马拉的敞车。车沿上坐着三条"好汉"。一个个背上插着个"招子"，罪名上头还画着红圈儿。旁边是武装看守——也许就是刽子手。死囚大概为了壮壮胆，一路上大声唱着不三不四的二黄。走过饽饽铺或者饭馆子，就嚷着停下来，然后就要酒要肉要吃的，一边大嚼还一边儿唱。因为是活不了几个钟头的人了，所以要什么就给什么。

那时候管警察叫巡警。经常看到他们跟拉车的作对。嫌车放的不是地方，就把车垫子抢走，叫他拉不成。另外还有英国人办的保安队。穿便衣的是侦缉队，专抓人的。我就吃过他们的苦头。后来又添上戴红箍的宪兵。可是最凶的还是大兵（那时通称作丘八），因为他们腰里挂着盒子炮。我永远忘不了去东安市场吉祥戏院碰上的那回大兵砸戏馆子。什么茶壶板凳全从楼上硬往池子里扔。带我去的亲戚是抱着我跳窗户逃出的。打那儿，我就跟京戏绝了缘。

（节选自萧乾《负笈剑桥》，生活·读书·新知三联书店，1987年版）

北人与南人

鲁　迅

这是看了"京派"与"海派"的议论之后，牵连想到的——

北人的卑视南人，已经是一种传统。这也并非因为风俗习惯的不同，我想，那大原因，是在历来的侵入者多从北方来，先征服中国之北部，又携了北人南征，所以南人在北人的眼中，也是被征服者。

二陆入晋，北方人士在欢欣之中，分明带着轻薄，举证太烦，姑且不谈吧。容易看的是，羊衒之的《洛阳伽蓝记》中，就常诋南人，并不视为同类。至于元，则人民截然分为四等，一蒙古人，二色目人，三汉人即北人，第四等才是南人，因为他是最后投降的一伙。最后投降，从这边说，是矢尽援绝，这才罢战的南方之强，从那边说，却是不识顺逆，久梗王师的贼。孑遗自然还是投降的，然而为奴隶的资格因此就最浅，因为浅，所在班次就最下，谁都不妨加以卑视了。到清朝又重理了这一篇账，至今还流衍着余波；如果此后的历史是不再回旋的，那真不独是南人的如天之福。

当然，南人是有缺点的。权贵南迁，就带了腐败颓废的风气来，北方倒反而干净。性情也不同，有缺点，也有特长，正如北人的兼具二者一样。据我所见，北人的优点是厚重，南人的优点是机灵。但厚重之弊也愚，机灵之弊也狡，所以某先生曾经指出缺点道：北方人是"饱食终日，无所用心"；南方人是"群居终日，言不及义"。就有闲阶级而言，我以为大体是的确的。

缺点可以改正，优点可以相师。相书上有一条说，北人南相，南人北相者贵。我看这并不是妄语。北人南相者，是厚重而又机灵，南人北相者，不消说是机灵而又能厚重。昔人之所谓"贵"，不过是当时的成功，在现在，那就是做成有益的事业了。这是中国人的一种小小的自新之路。

不过做文章的是南人多，北方却受了影响。北京的报纸上，油嘴滑舌，吞吞吐吐，顾影自怜的文字不是比六七年前多了吗？这倘和北方固有的"贫嘴"一结婚，产生出来的一定是一种不祥的新劣种！

一月三十日

（选自《鲁迅全集》第五卷，人民文学出版社，1981年版）

"京派"与"海派"

鲁　迅

　　自从北平某先生在某报上有扬"京派"而抑"海派"之言，颇引起了一番议论。最先是上海某先生在某杂志上的不平，且引别一某先生的陈言，以为作者的籍贯，与作品并无关系，要给北平某先生一个打击。

　　其实，这是不足以服北平某先生之心的。所谓"京派"与"海派"，本不指作者的本籍而言，所指的乃是一群人所聚的地域，故"京派"非皆北平人，"海派"亦非皆上海人。梅兰芳博士，戏中之真正京派也，而其本贯，则为吴下。但是，籍贯之都鄙，固不能定本人之功罪，居处的文陋，却也影响于作家的神情，孟子曰："居移气，养移体"，此之谓也。北京是明清的帝都，上海乃各国之租界，帝都多官，租界多商，所以文人之在京者近官，沿海者近商，近官者在使官得名，近商者在使商获利，而自己也赖以糊口。要而言之，不过"京派"是官的帮闲，

"海派"则是商的帮忙而已。但从官得食者其情状隐，对外尚能傲然，从商得食者其情状显，到处难于掩饰，于是忘其所以者，遂据以有清浊之分。而官之鄙商，固亦中国旧习，就更使"海派"在"京派"的眼中跌落了。

而北京学界，前此固亦有其光荣，这就是五四运动的策动。现在虽然还有历史上的光辉，但当时的战士，却"功成，名遂，身退"者有之，"身稳"者有之，"身升"者更有之，好好的一场恶斗，几乎令人有"若要官，杀人放火受招安"之感。"昔人已乘黄鹤去，此地空余黄鹤楼"，前年大难临头，北平的学者们所想援以掩护自己的是古文化，而唯一大事，则是古物的南迁，这不是自己彻底的说明了北平所有的是什么了吗？

但北平究竟还有古物，且有古书，且有古都的人民。在北平的学者文人们，又大抵有着讲师或教授的本业、论理、研究或创作的环境，实在是比"海派"来得优越的，我希望着能够看见学术上，或文艺上的大著作。

一月三十日

（选自《鲁迅全集》第五卷，人民文学出版社，1981年版）

公寓生活记趣

张爱玲

　　读到"我欲乘风归去，又恐琼楼玉宇，高处不胜寒"这句词，公寓房子上层的居民多半要感到毛骨悚然。屋子越高越冷。自从煤贵了之后，热水汀早成了纯粹的装饰品。构成浴室的图案美，热水龙头上的 H 字样自然是不可少的一部分；实际上呢，如果你放冷水而开错了热水龙头，立刻便有一种空洞而凄怆的轰隆轰隆之声从九泉之下发出来，那是公寓里特别复杂、特别多心的热水管系统在那里发脾气了。即使你不去太岁头上动土，那雷神也随时地要显灵。无缘无故，只听见不怀好意的"嗡——"拉长了半晌之后接着"訇訇"两声，活像飞机在顶上盘旋了一会，掷了两枚炸弹。在战时香港吓细了胆子的我，初回上海的时候，每每为之魂飞魄散。若是当初它认真工作的时候，艰辛地将热水运到六层楼上来，便是咕噜两声，也还情有可原。现在可是雷声大，雨点小，难得滴下两滴生锈的黄浆……

然而也说不得了，失业的人向来是肝火旺的。

梅雨时节，高房子因为压力过重，地基陷落的缘故，门前积水最深。街道上完全干了，我们还得花钱雇黄包车渡过那白茫茫的护城河。雨下得太大的时候，屋子里便闹了水灾。我们轮流抢救，把旧毛巾、麻袋、褥单堵住了窗户缝；障碍物湿濡了，绞干，换上，污水折在脸盆里，脸盆里的水倒在抽水马桶里。忙了两昼夜，手心磨去了一层皮，墙根还是汪着水，糊墙的花纸还是染了斑斑点点的水痕与霉迹子。

风如果不朝这边吹的话，高楼上的雨倒是可爱的。有一天，下了一黄昏的雨，出去的时候忘了关窗户，回来一开门，一房的风声雨味。放眼望出去，是碧蓝的潇潇的夜，远处略有淡灯摇曳，多数的人家还没点灯。

常常觉得不可解，街道上的喧声，六楼上听得分外清楚，仿佛就在耳根底下，正如一个人年纪越高，距离童年渐渐远了，小时的琐屑的回忆反而渐渐亲切明晰起来。

我喜欢听市声。比我较有诗意的人在枕上听松涛，听海啸，我是非得听见电车响才睡得着觉的。在香港山上，只有冬季里，北风彻夜吹着常青树，还有一点电车的韵味。长年住在闹市里的人大约非得出了城之后才知道他离不了一些什么。城里人的思想，背景是条纹布的帷子，淡淡的白条子便是行驰着的电车——平行的、匀净的、声响的河流，汨汨流入下意识里去。

我们的公寓邻近电车厂，可是我始终没弄清楚电车是几点钟回家。"电车回家"这句子仿佛不很合适——大家公认电车为没有灵魂的机械,而"回家"两个字有着无数的情感洋溢的联系。但是你没看见过电车进厂的特殊情形吧?一辆衔接一辆,像排了队的小孩,嘈杂,叫嚣,愉快地打着哑嗓子的铃:"克林,克赖,克赖,克赖!"吵闹之中又带着一点由疲乏而生的驯服,是快上床的孩子,等着母亲来刷洗他们。车里灯点得雪亮。专做下班的售票员的生意的小贩们曼声兜售着面包。有时候,电车全进了厂了,单剩下一辆,神秘地,像被遗弃了似的,停在街心。从上面望下去,只见它在半夜的月光中袒露着白肚皮。

这里的小贩所卖的吃食没有多少典雅的名色。我们也从来没缒下篮子去买过东西。(想起《侬本痴情》里的顾兰君了。她用丝袜结了绳子,缚住了纸盒,吊下窗去买汤面。袜子如果不破,也不是丝袜了!在节省物资的现在,这是使人心惊肉跳的奢侈。)也许我们也该试着吊下篮子去。无论如何,听见门口卖臭豆腐干的过来了,便抓起一只碗来,噔噔奔下六层楼梯,跟踪前往,在远远的一条街上访到了臭豆腐干担子的下落,买到了之后,再乘电梯上来,似乎总有点可笑。

我们的开电梯的是个人物,知书达理,有涵养,对于公寓里每一家的起居他都是一本清账。他不赞成他儿子去做电车售票员——嫌那职业不很上等。再热的天,任凭人家将铃揿得震天响,他也得在汗衫背心上加上一件熨得溜平的纺绸小褂,方肯出现。他拒绝替不修边幅的客人开电梯。他的思想也许缙绅气太重，然而他究竟是个有思想的人。可是他离了自己那间小屋，就踏进了电梯的小屋——只怕这一辈子是跑不出这两间小屋了。电梯上升，人字图案的铜棚栏外面，一重重的黑暗往下移，棕色的黑暗，红棕色的黑暗，黑色的黑暗……衬着交替的黑暗，你看见司机花白的头。

没事的时候他在后天井烧个小风炉炒菜烙饼吃。他教我们怎样煮红米饭：烧开了，熄了火，停个十分钟再煮，又松，又透，又不塌皮烂骨，没有筋道。

托他买豆腐浆，交给他一只旧的牛奶瓶。陆续买了两个礼拜，他很简单地报告道："瓶没有了。"是砸了还是失窃了，也不得而知。再隔了些时，他拿了一只小一号的牛奶瓶装了豆腐浆来。我们问道："咦？瓶又有了？"他答道："有了。"新的瓶是赔给我们的呢还是借给我们的，也不得而知。这一类的举动是颇有点社会主义风的。

我们的新闻报每天早上他要循例过目一下方才给我们送来。小报他读得更为仔细些，因此要到十一二点钟才轮得到我们看。英文、日文、德文、俄文的报他是不看的，因此大清早便卷成一卷插在人家弯曲的门钮里。

报纸没有人偷，电铃上的钢板却被撬去了。看门的巡警倒有两个，虽不是双生子，一样都是翻领里面竖起了木渣渣的黄脸，短裤与长筒袜之间露出木渣渣的黄膝盖；上班的时候，一般都是横在一张藤椅上睡觉，挡住了信箱。每次你去看看信箱的时候总得殷勤地凑到他面颊前面，仿佛要询问："酒刺好了些吧？"

恐怕只有女人能够充分了解公寓生活的特殊优点：佣人问题不那么严重。生活程度这么高，即使雇得起人，也得准备着受气。在公寓里"居家过日子"是比较简单的事。找个清洁公司每隔两星期来大扫除一下，也就用不着打杂的了。没有佣人，也是人生一快。抛开一切平等的原则不讲，吃饭的时候如果有个还没吃过饭的人立在一边眼睁睁望着，等着为你添饭，虽不至于使人食不下咽，多少有些讨厌。许多身边杂事自有它们的愉快性质。看不到田园里的茄子，到菜场上去看看也好——那么复杂的，油润的紫色；新绿的豌豆，热艳的辣椒，金黄的面筋，像太阳里的肥皂泡。把菠菜洗过了，倒在油锅里，每每有一两片碎叶子粘在篾篓底上，抖也抖不下来；迎着亮，翠生生的枝叶在竹片编成的方格子上招展着，使人联想到篱上的扁豆花。其实又何必"联想"呢？篾篓子的本身的美不就够了吗？我这并不是效忠于国社党劝诱女人回到厨房里去。不劝便罢，若是劝，一样地得劝男人到厨房里去走一遭。当然，家里有厨子而主人不时地下厨房，是会引起厨子最强烈的反感的。这些地方我们得寸步留心，不能太不识眉眼高低。

有时候也感到没有佣人的苦处。米缸里出虫，所以掺了些胡椒在米里——据说米虫不大喜欢那刺激性的气味。淘米之前先得把胡椒拣出来。我捏了一只肥白的肉虫的头当作胡椒，发现了这错误之后，不禁大叫起来，丢下饭锅便走。在香港遇见了蛇，也不过如此罢了。那条蛇我只见到它的上半截，它钻出洞来矗立着，约有二尺来长。我抱了一叠书匆匆忙忙下山来，正和它打了个照面。它静静地望着我，我也静静地望着它，望了半晌，方才哇呀呀叫出声来，翻身便跑。

提起虫豸之类，六楼上苍蝇几乎绝迹，蚊子少许有两只。如果它们富于想象力的话，飞到窗口往下一看，便会晕倒了吧？不幸它们是像英国人一般地淡漠与自足——英国人住在非洲的森林里也照常穿上了燕尾服进晚餐。

公寓是最合理想的逃世的地方。厌倦了大都会的人们往往记挂着和平幽静的乡村，心心念念盼望有一天能够告老归田，养蜂种菜，享点清福。殊不知在乡下多买半斤腊肉便要引起许多闲言闲语，而在公寓房子的最上层你就是站在窗前换衣服也不妨事！

然而一年一度，日常生活的秘密总得公布一下。夏天家家户户都大敞着门，搬一把藤椅坐在风口里。这边的人在打电话，对过一家的仆欧一面熨衣裳，一面便将电话上的对白译成了德文说给他的小主人听。楼底下有个俄国人在那里响亮地教日文。二楼的那位女太太和贝多汶（贝多芬）有着不共戴天的仇恨，一拶十八敲，咬牙切齿打了他一上午；钢琴上倚着一辆脚踏车。不知道哪一家在煨牛肉汤，又有哪一家泡了焦三仙。

人类天生的是爱管闲事。为什么我们不向彼此的私生活里偷偷地看一眼呢，既然被看者没有多大损失而看的人显然得到了片刻的愉悦？凡是牵涉到快乐的授受上，就犯不着斤斤计较了。较量些什么呢？——长的是磨难，短的是人生。

屋顶花园里常常有孩子们溜冰，兴致高的时候，从早到晚在我们头上咕滋咕滋锉过来又锉过去，像瓷器的摩擦，又像睡熟的人在那里磨牙，听得我们一粒粒牙齿在牙仁里发酸如同青石榴的籽，剔一剔便会掉下来。隔壁一个异国绅士声势汹汹上楼去干涉。他的太太提醒他道："人家不懂你的话，去也是白去。"他揎拳掳袖道："不要紧，我会使他们懂得的！"隔了几分钟他偃旗息鼓嗒然下来了。上面的孩子年纪都不小了，而且是女性，而且是美丽的。

谈到公德心，我们也不见得比人强。阳台上的灰尘我们直截了当地扫到楼下的阳台上去。"啊，人家栏杆上晾着地毯呢——怪不过意的，等他们把地毯收了进去再扫吧！"一念之慈，顶上生出了灿烂圆光。这就是我们的不甚彻底的道德观念。

（选自《流言》，上海书店，1987年影印版）

阿金

鲁　迅

近几时我最讨厌阿金。

她是一个女仆，上海叫娘姨，外国人叫阿妈，她的主人也正是外国人。

她有许多女朋友，天一晚，就陆续到她窗下来，"阿金，阿金！"地大声地叫，这样的一直到半夜。她又好像颇有几个姘头；她曾在后门口宣布她的主张：弗轧姘头，到上海来做啥呢？……

不过这和我不相干。不幸的是她的主人家的后门，斜对着我的前门，所以"阿金，阿金！"地叫起来，我总受些影响，有时是文章做不下去了，有时竟会在稿子上写 个"金"字。更不幸的是我的进出，必须从她家的晒台下走过，而她大约是不喜欢走楼梯的，竹竿，木板，还有别的什么，常常从晒台上直摔下来，使我走过的时候，必须十分小心，先看一看这位阿金可在晒台上面，倘在，就得绕远些。自然，这是大半为了我的胆子小，看得自己的性命太值钱；但我们也得想一想她的主子是外国人，被打得头破血出，固然不成问题，即使死了，开同乡会，打电报也都没有用的，——况且我想，我也未必能够弄到开起同乡会。

半夜以后，是别一种世界，还剩着白天脾气是不行的。有一夜，已经三点半钟了，我在译一篇东西，还没有睡觉。忽然听得路上有人低声地在叫谁，虽然听不清楚，却并不是叫阿金，当然也不是叫我。我想：这么迟了，还有谁来叫谁呢？同时也站起来，推开楼窗去看去了，却看见一个男人，望着阿金的绣阁的窗，站着。他没有看见我。我自悔我的莽撞，正想关窗退回的时候，斜对面的小窗开处，已经现出阿金的上半身来，并且立刻看见了我，向那男人说了一句不知道什么话，用手向我一指，又一挥，那男人便开大步跑掉了。我很不舒服，好像是自己做了什么错事似的，书译不下去了，心里想：以后总要少管闲事，要炼到泰山崩于前而色不变，炸弹落于侧而身不移！……

但在阿金，却似乎毫不受什么影响，因为她仍然嘻嘻哈哈。不过这是晚快边才得到的结论，所以我真是负疚了小半夜和一整天。这时我很感激阿金的大度，但同时又讨厌了她的大声会议、嘻嘻哈哈了。自有阿金以来，四围的空气也变得扰动了，她就有这么大的力量。这种扰动，我的警告是毫无效验的，她们连看也不对我看一看。有一回，邻近的洋人说了几句洋话，她们也不理；但那洋人就奔出来了，用脚向各人乱踢，她们这才逃散，会议也收了场。这踢的效力，大约保存了五六夜。

此后是照常的嚷嚷；而且扰动又廓张了开去，阿金和马路对面一家烟纸店里的老女人开始奋斗了，还有男人相帮。她的声音原是响亮的，这回就更加响亮，我觉得一定可以使二十间门面以外的人们听见。不一会，就聚集了一大批人。论战的将近结束的时候当然要提到"偷汉"之类，那老女人的话我没有听清楚，阿金的答复是：

"你这老 × 没有人要！我可有人要呀！"

这恐怕是实情，看客似乎大抵对她表同情，"没有人要"的老 × 战败了。这时踱来了一位洋巡捕，反背着两手，看了一会，就来把看客们赶开；阿金赶紧迎上去，对他讲了一连串的洋话。洋巡捕注意地听完之后，微笑地说道：

"我看你也不弱呀！"

他并不去捉老 ×，又反背着手，慢慢地踱过去了。这一场巷战就算这样的结束。但是，人间世的纠纷又并不能解决得这么干脆，那老 × 大约是也有一点势力的。第二天早晨，那离阿金家不远的也是外国人家的西崽忽然向阿金家逃来。后面追着三个彪形大汉。西崽的小衫已被撕破，大约他被他们诱出外面，又给人堵住后门，退不回去，所以只好逃到他爱人这里来了。爱人的肘腋之下，原是可以安身立命的，伊孛生（H.Ibsen）戏剧里的彼尔·干德，就是失败之后，终于躲在爱人的裙边，听唱催眠歌的大人物。但我看阿金似乎比不上瑙威（挪威）女子，她无情，也没有魄力。独有感觉是灵的，那男人刚要跑到的时候，她已经赶紧把后门关上了。那男人于是进了绝路，只得站住。这好像也颇出于彪形大汉们的意料之外，显得有些踌躇；但终于一同举起拳头，两个是在他背脊和胸脯上一共给了三拳，仿佛也并不怎么重，一个在他脸上打了一拳，却使它立刻红起来。这一场巷战很神速，又在早晨，所以观战者也不多，胜败两军，各自走散，世界又从此暂时和平了。然而我仍然不放心，因为我曾经听人说过：所谓"和平"，不过是两次战争之间的时日。

但是，过了几天，阿金就不再看见了，我猜想是被她自己的主人所回复。补了她的缺的是一个胖胖的，脸上很有些福相和稚气的娘姨，已经二十多天，还很安静，只叫了卖唱的两个穷人唱过一回"奇葛隆冬强"的《十八摸》之类，那是她用"自食其力"的余闲，享点清福，谁也没有话说的。只可惜那时又召集了一群男男女女，连阿金的爱人也在内，保不定什么时候又会发生巷战。但我却也叨光听到了男嗓子的上低音（barytone）的歌声，觉得很自然，比绞死猫儿似的《毛毛雨》要好得天差地远。

阿金的相貌是极其平凡的。所谓平凡，就是很普通，很难记住，不到一个月，我就说不出她究竟是怎么一副模样来了。

但是我还讨厌她，想到"阿金"这两个字就讨厌；在邻近闹嚷一下当然不会成这么深仇重怨，我的讨厌她是因为不消几日，她就摇动了我三十年来的信念和主张。

我一向不相信昭君出塞会安汉，木兰从军就可以保隋；也不信妲己亡殷、西施沼吴、杨妃乱唐的那些古老话。我以为在男权社会里，女人是绝不会有这种大力量的，兴亡的责任，都应该男的负。但向来的男性的作者，大抵将败亡的大罪，推在女性身上，这真是一钱不值的没有出息的男人。殊不料现在阿金却以一个貌不出众，才不惊人的娘姨，不用一个月，就在我眼前搅乱了四分之一里，假使她是一个女王，或者是皇后，皇太后，那么，其影响也就可以推见了：足够闹出大大的乱子来。

昔者孔子"五十而知天命"，我却为了区区一个阿金，连对于人事也从新疑惑起来了，虽然圣人和凡人不能相比，但也可见阿金的伟力，和我的满不行。我不想将我的文章的退步，归罪于阿金的嚷嚷，而且以上的一通议论，也很近于迁怒，但是，近几时我最讨厌阿金，仿佛她塞住了我的一条路，却是的确的。

愿阿金也不能算是中国女性的标本。

十二月二十一日

（选自《鲁迅全集》第六卷，人民文学出版社，1981年版）

交易所速写

茅　盾

　　门前的马路并不宽阔。两部汽车勉强能够并排过去。门面也不见得怎么雄伟。说是不见得怎么雄伟，为的想起了爱多亚路那纱布交易所大门前二十多步高的石级。自然，在这"香粉弄"一带，它已经是唯一体面的大建筑了。我这里说的是华商证券交易所的新屋。

　　直望进去，一条颇长的甬道，两列四根的大石柱阻住了视线。再进一步就是"市场"了。跟大戏院的池子仿佛。后方上面就是会叫许多人笑也叫许多人哭的"拍板台"。

　　正在午前十一时，紧急关头，拍到了"二十关"。池子里活像是一个蜂房。请你不要想象这所谓池子的也有一排一排的椅子，跟大戏院的池子似的。这里是一个小凳子也不会有的，人全站着，外圈是来看市面准备买或卖的——你不妨说他们大半是小本钱的"散户"，自然也有不少"抢帽子"的。他们不是那吵闹得耳朵痛的数目字潮声的主使。他们有些是仰起了头，朝台上看，——请你不要误会，那卷起袖子直到肩胛边的拍板人并没有什么好看，而且也不会看出什么道理来的；他们是看着台后像"背景"似的显出"××××库券""×月期"之类的"戏目"（姑且拿"戏目"作个比方吧），特别是这"戏目"上面那时时变动的电光记数牌。这高高在上小小的嵌在台后墙上的横长方形，时时刻刻跳动着红字的阿拉伯数目字，一并排四个，两个是单位"元"以下，像我们在普通账单上常常看见的式子，这两个小数下边有一条横线，红色，字体可也不小，因而在池子里各处都可以看得明明白白。这小小的红色电光的数目字是人们创造，是人们使它刻刻在变，但是它掌握着人们的"命运"。

不——应当说是少数人创造那红色电光的记录，使它刻刻在变，使它成为较多数人的不可测的"命运"。谁是那较多数呢？提心吊胆望着它的人们，池子外圈的人们自然是的，——而他们同时也是这魔法的红色电光记录的助成者，虽然是盲目的助成者；可是在他们以外还有更多的没有来亲眼看着自己的"命运"升沉的人们，他们住在上海各处，在中国各处，然而这里台上的红色电光的一跳，会决定了他们的破产或发财。

被外圈的人们包在中央的，这才是那吵得耳朵痛的数目字潮声的发动器。很大的圆形水泥矮栏，像一张极大的圆桌面似的，将他们范围成一个人圈。他们是许多经纪人手下做交易的，他们的手和嘴牵动着台上墙头那红色电光数目字的变化。然而他们跟那红色电光一样，本身不过是一种器械，使用他们的人——经纪人，或者正交叉着两臂站在近旁，或者正在和人咬耳朵。忽然有个伙计匆匆跑来，于是那经纪人就赶紧跑到池子外他的小房间去听电话了，他挂上了听筒再跑到池子里，说不定那红色电光就会有一次新的跳动，所有池子里外圈的人们会有一次新的紧张——撑不住要笑的，咬紧牙关眼泪往肚子里吞的，谁知道呢，便是那位经纪人在接电话以前也是不知道的。他也是程度上稍稍不同的一种器械罢了。

池子外边的两旁——上面是像戏院里"包厢"似的月楼，摆着一些长椅子，这些椅子似乎从来不会被同一屁股坐上一刻钟或二十分的，然而亦似乎不会从来没有人光顾，做了半天冷板凳的。这边，有两位咬着耳朵密谈；那边，又是两位在压低了嗓子争论什么。靠柱子边的一张椅子里有一位弓着背抱了头，似乎转着念头：跳黄浦呢，吞生鸦片烟？那边又有一位，——坐在望得见那魔法的红色电光记录牌的所在，手拿着小本子和铅笔，用心地记录着，像画"宝路"似的，他相信公债的涨落也有一定的"路"的。

也有女的。挂在男子臂上，太年轻而时髦的女客，似乎只是一同进来看看。那边有一位中年的，上等的衣料却不是顶时式的裁制，和一位中年男子并排站着，仰起了脸。电光的红字跳一，她就推推那男子的臂膊；红字再跳一，她慌慌张张把男子拉在一边叽叽喳喳低声说了好一大片。

一位胡子刮得光光的，只穿了绸短衫裤，在人堆里晃来晃去踱方步，一边踱，一边频频用手掌拍着额角。

这当儿，池子里的做交易的叫喊始终是旋风似的，海潮似的。

你如果到上面月楼的铁栏杆边往下面一看，你会忽然想到了旧小说里的神仙："只听得下面杀声直冲，拨开云头一看。"你会清清楚楚看到中央的人圈怎样把手掌伸出缩回，而外圈的人们怎样钻来钻去，像大风雨前的蚂蚁。你还会看见时时有一团小东西，那是纸团，跟纽子一般模样的，从各方面飞到那中央的人圈。你会想到神仙们的祭起法宝来吧？

有这么一个纸团从月楼飞下去了。你于是留心到这宛然在云端的月楼那半圆形吧。这半圆圈上这里那里坐着几个人，在记录着什么，肃静得一点声音都没有。他们背后墙上挂着些经纪人代表的字号牌子。谁能预先知道他们掷下去的纸团是使空头们哭的呢还是笑的？

无稽的谣言吹进了交易所里会激起债券涨落的大风波。人们是在谣言中幻想，在谣言中兴奋，或者吓出了灵魂。没有比他们更敏感的了。然而这对于谣言的敏感要是没有了，公债市场也就不成其为市场了。人心就是这么一种怪东西。

（选自《茅盾散文速写集》，人民文学出版社，1980年版）

在沪西

柯　灵

　　人力车拉过幽暗的街道，迎着一片辉煌，从电灯牌楼底下穿进了巷口。恰像是多变的世事。这巷子曲折而深邃，使陌生人着迷。因为白天下过雨，车轮轧轹中时而夹着水声，路灯下反射出一带的泥泞和积潴。我们就这么转弯抹角地到了××俱乐部。

　　灯光如昼，俨然戎装的守卫，在门口愣起绿色眼珠，注视着面生的来客。

　　一进门，最先刺进听觉的是尖锐而悠长的喊声，尾音向上直窜，仿佛是一种警告，一声惊呼。楼上楼下连接着宽敞的房子，屋里空空落落，除了些沙发几案，并没有多少通常的铺陈，只是每一间都有好几张"台子"，人头济济，正在集中心神捕捉那狡兔似的命运。

　　"台子"有好几种，牌九、押宝、大小门……原谅我这门外汉背不满许多名目。每一台都摆着类似的阵势：庄家坐在上首，用烂熟的技术洗牌、砌牌；用摇曳生姿的手法摇骰子，稳重老练，足够做元帅风度。左右两翼是台角边站着的两员大将，激昂地喊着进军的口号，每一仗胜负揭晓时做着赔钱吃钱的工作，花花绿绿一大卷、一大堆，一个庞杂的数字，用不着思索，过手就分配清楚。一边高脚椅上端坐着督阵的一位，居高临下，照顾着攻守双方的步调；有错误纠葛得听他的排解。这以外，就是站在敌对的一面，那一大群男男女女形形色色的打手了。例外的是大小门，将帅都是娘子军，一律的红唇粉靥，娇滴滴喊着"开啦"，恰像是什么神怪小说上的迷魂阵。

叫作"俱乐部"，实际却是个命运的搏斗场！

你随便跑近哪一张"台子"，站上一刻，看看那些打手们的神态：红着脸，流着汗，氤氲的热气从额头散发，有的待着出神，皱起眉头思索。无数焦黄的手指颤颤地抚着筹码，数着钱，盘盘算算，然后一横心把它们推到前面。——我想准得要有过出发上前线的经验，才理会得这一挪手时的心情。无数的眼直射着那光滑的牌背，那晶圆的骰子盒，多简单的东西，然而多诡谲，多无从捉摸！开，一声吆喝，一刹那间万籁无声；然而你听得出一种无声的音乐，心的跳跃。牌掀了，盖开了，命运又给了一次无情的判决。周围的脸相随着有了剧变：一声长叹，唠叨地陈诉着委屈；皱眉的皱得更紧，狠命吸着烟，卷一卷袖管，顿着脚翻悔自己的失着；幸运者却默默地享受那一分欢喜，忘记有时一注的幸运正是使自己上钩的香饵……

空间缩小了，时间缩短了，这里显示了人生的另一面。大把金钱潮水似的倏然而来、悠然而去，卷到这边又涌到那边，一点一滴算起来，得多少人的血汗，多少年的辛苦，可是只要幸运不亏待你，两张牌几个点可以使你暴富。就因为这一点赌博的哲学，这里吸引了无数聪明人跟糊涂人。——我这难得光降的稀客，在牌九台上也看见了两张熟悉的脸。一位是电影公司的化妆师，一双手曾装点过多少"优孟衣冠"，这一回却痴痴地没半点表情，让自己来充了俱乐部里的脸谱的一种。另一位正打败一仗，似乎很意外，骂了句什么，愤愤然反着手在台子上猛敲一下，抬起头，却看见了我，"×先生，你也来？"笑了笑，便又去准备他下一回合的战斗。这是一个老实的小职员，我们曾经做过同事，炮声把大家惊散，他狼狈地逃到乡下去。料不到再一次看见他却在这里。

上海的沦陷使许多事业凋零，却使无数投机取巧的把戏在这罪恶的沃土上开花，俱乐部之类的繁盛不过是万紫千红中的一朵。

黄昏时你试向沪西兜上一圈，你会禁不住吃惊。几乎随处可见的是那灯饰粲然的招牌，"俱乐部""乐园""某记公司""娱乐社"等动人的名目；还有专门臭虫似的吸取下层妇女和苦力的血汗的花会"总筒"和"分筒"。

像××俱乐部一样大规模的场所总共也有好几家，它们敞开怀抱，夜夜接待做着黄金梦的人。

健康的人生是公平的供与求，正常的义务与权利；而另一社会里服膺的人生哲学却是冒险，是把生命作孤注，向命运打赌。上海有许多这样的"伟人"，他们少年时代睡的是弄堂，吃的是从包饭做学徒手里抢来的残羹剩饭。无赖是他们的教育，亡命是他们的资本，就凭着这两宗法宝，他们在人海里打滚，施展身手。也许因为窃取人家什么东西，被抓进铁房子，受着免费食宿的优待；也许因为小小事情同人怄气打架，被打得满脸血痕，倒在地上奄奄一息；可是只要还能放出来，爬得起，他们还得勇敢地向牢狱拳械迎上去；这是磨炼，也是考验，你经得住，你自然就有出山的机会。爬起，跌倒；跌倒，爬起，他们终于赢了，一翻身小瘪三变作了"大亨"。许多俱乐部之类的经营者就是这样的人物。——其中有一位的历史是：因为一个铜板的争执，打死了一条命，坐了几年牢，刚出来又因为打伤巡捕，重新关进去；可是再出来的时候他升了天，命运输给了他。现在他正是一个每夜几万元进出的俱乐部的大老板。

他们领有执照，纳着捐税——那是一个吓人的数字。因为在沦陷区里，他们是一种繁荣市场的体面的商业。

俱乐部里有着周到的设备。客人来往可以用汽车接送，到了里面更可以受殷勤的招待：高贵的香烟、精美的点心和水果、中西大菜、鸦片、艳丽的肉体。维持"安全"的，白俄的保镖以外，还有几十位勇武的壮汉。这些壮汉也正是未出山的英雄，其中一部分配备着全副的武装：手枪、步枪、机关枪和手榴弹。有如上阵的战士，他们缜密地"保护"着客人，并且像一个间谍似的，暗中调查着客人的来历和财富。徒手的就在四近望风，提防着一切意外。这类活跃在沪西的英雄的总数，据一张英文报纸的统计，一共约有二千七百六十个，因此暗杀械斗的把戏就几乎经常地表演着；在俱乐部里胜利的客人，在回家途中，也就常常有着躬逢搜劫的幸运。

除开那一笔浩繁的开支，"大亨"们靠它的收入维持尊贵的地位，大批未出山的英雄靠它活动和驰骋，"市××"把它当作生命线，还有无数跟他们一条跳板上的"小兄弟"，每天得向它领取开销。而人们却带着金钱到那里去追求运气。

看看满座百脉偾兴的嘉宾，你无从悬揣那隐藏在背后的悲剧。个个带着奴隶的命运、生活的重负，用借贷的钱，典质的钱，一点一滴聚起来的血汗，或者用种种不正当的方法得来的财物，放开手，向渺茫的胜利下网，吝啬的变成慷慨，稳重的变成浮躁；命运小儿却躲在一边冷笑，在给他们恶毒的揶揄。那结果恰像落在黏性的陷沙里，眼看着渐渐下沉，却无法自拔。逃亡、下狱、服毒、投江……他们替这多难的时代制造了多少使人喟叹的资料。

可是人们还是兴冲冲地踏进那门槛去。人家全输，也许自己独赢；昨天败了，也许今晚会胜。一百回不幸中间，难道碰不着一回幸运吗？

人瘠则我肥，这正是赌博的精义，也正是赌徒的哲学！

我们同行的朋友是四个，每人出股本三元。——不，说是"股本"，还不如说是我们对 ×× 俱乐部的赆仪，因为空着双手去参观事实上不大方便。结果我们终于在牌九和大小门的"台子"上得到了奉献的机会。那自然是广漠中的一星微尘。

十一点钟相近，我们到餐室里用点心，那老实的小职员却正在吃饭。

一头淋漓的汗，那样紧张，却又那样不可形容地疲倦。外衣卸去了搭在椅背上，露出一件破旧的白衬衫。"完了，六十块！"一看见我就急急地报告了这消息，伸过一只手，跷起大拇指和小指头，连连在我胸前转动。

"你常来这里？"我问。

有如一个孤独的夜行人，心有所感，而正为无人说话的寂寞所苦，一遇到可以开口的机会，就要尽情倾吐似的，对着我，他的话像一道春阳下解冻的瀑布，没头没脑地潺潺而下：

"整整的六十块，不少一个字。这里跑不到两个月，还不是每天必到的，已经送了将近一千块了。一个穷光蛋，哪来的钱？一幢房子的顶费。真作孽！幸而战前租着一幢房子，如今顶出去也有一千多。这可是全部的家产。

"你知道我向来不爱这个，并且讨厌，连麻将也不爱搓，从前赚的薪水可以按月十足交到家里。谁知道怎么神差鬼使地卷进了这旋涡！起先是一个朋友常常走沪西，弄得神魂颠倒，他太太急了，要我带她来找她丈夫，找到了；朋友第二天却偷偷跑来告诉我：'别让我女的知道，今晚咱们两个一起去，有趣着呢。'就是这样开的头。来了许多天，也有输，也有赢的，只是输的总比赢的多。想翻本，就继续走下去，结果却是越陷越深。明明知道再没法翻身的了，你知道，这是永远翻不了的，可是走热了，不由你不走。奇怪，到时候脚痒，自己做不得主。这真是魔道！你刚才没看见坐在我对面的那一位？那个化妆师，你想必认得。他比我资格还浅，可真有劲，每天报到，风雨无阻，如今连电影公司的生意也丢了，听说他还偷了太太的首饰，变了钱到这里来。

"一千块！你想想，我这样的肩膀挑得了？我女人还莫知莫觉呢，'瞒天过海'，折子在我身边。要是有一天她知道了，不知道要怎么个闹法！

"你问我做什么事？有什么好做的：这样的时势！上海打仗我带着家眷逃难，半年前才从乡下回来。从前的同事都散了，桂林、重庆，剩下我一个。幸亏房子租得起钱，先前几个月是靠房租维持生活；现在房子顶掉了，顶费又都送到了这里。每次都带来一大卷，回去时照例两手空空，从'台子'边站起来，庄家送你两块大洋（他拿出两张一元的钞票晃了晃）车钱。这是场子里对客人的优待。可是这有鸟用！以后怎样呢，我连想也不敢想。

"无聊，想想真没趣味！听说重庆有朋友要回上海来，有点小场面。只希望他们来了，能够设法给我一点事情做……"

我没有插嘴，也无从插嘴。在这瞬息悲欢、倏忽成败的大剧场里，这个小人物表演的角色未免过于平凡。

托他的福，我吃的点心由他签字，可以无须付钱；回家时也跟他在一起，劳××俱乐部的汽车殷勤相送。没有他，我们这样渺小的宾客，是没有资格邀得这种特别的恩宠的。

一九三九年七月三日

（选自柯灵《晦明》，文化生活出版社，1941年版）

夜行

柯　灵

夜静，灯火阑珊，从热闹场中出来，踽踽独行，常感到一种微妙的喜悦。

街上清冷，空远辽廓，仿佛在寂寞秋江，泛扁舟一叶；偶然有汽车飞驰而过，又使你想到掠过水面的沙鸥。而街角远处，交通灯的一点猩红，恰似一片天际飘坠的枫叶，孤零零地开在岸畔的雁来红。

上海的白昼汹涌着生存竞争的激流，而罪恶的开花却常在黑夜。神秘的夜幕笼罩一切，但我们依然可以用想象的眼睛看到这人间天堂的诸种色相。跳舞场上这时必是最兴奋的一刻了，爵士乐缭绕在黝黯的灯光里，人影憧憧，假笑佯欢的，靠着舞客款款密语；寻花问柳的，感到了女性占有的满足。出卖劳力的，横七竖八地倒在草棚里，无稽的梦揶揄似的来安慰他们了；

多美，多幸福，那梦的王国！而有的却在梦里也仍然震慑于狞恶的脸相，流着冷汗从鞭挞中惊醒。做夜工的，正撑着沉沉下垂的眼皮，在嘈杂的机械声中忙碌。亡命与无赖也许正在干盗窃和掠夺的勾当，也许为了主子们的倾轧，正在黑暗中攫取对手的性命。也许有生活战场上的败北者，怀着末路的悲戚，委身于黄浦江的浊流，激起一阵小小的波浪以后，一切复归宁静。我们还可以看到，在灯光如豆的秘密所在，还有人为着崇高的理想，冒着生命的危险；他们中间不幸的，便在星月无光的郊外受着惨毒的死刑。……

你可以这样想象，事实也正在这样搬演；但眼前展现的，却是一片平静。——人海滔天，红尘蔽日的上海，这是仅有的平静的一刻。

烦嚣的空气使心情浮躁，繁复的人事使灵魂粗糙，丑恶的现实磨损了人的本性，只是到了这个时刻，才像暴风雨后经过澄滤的湖水，云影天光，透着宁静如镜的清澈。虽然路上人迹稀少，可是你绝不会因此感到寂寞。

坐在清冷的末班电车上，常常只有三三两两晚归的乘客，神态逸豫，悠悠对坐，仿佛彼此莫逆于心，不劳辞费。卖票员闲闲地从车座底下拿出票款，一堆堆闪亮的银角，暗黄的铜板，耐心地点着数，预备进了厂就赶快交账，回家休息。偶尔在无聊中闲谈起来，随随便便，仿佛大家本来就是相熟的朋友：卖票人与乘客在白天那种不必要的隔膜，此刻是烟消云散了。

拖着空车的黄包车夫施施而行，巡捕静悄悄地站在警亭下，也不再对车夫怒目横眉，虎视眈眈。看到这种彼此相安，与世无争的境界，我常有一种莫名其妙的冲动，想跑上去跟他们攀谈几句，交换一点无垢的安慰，倾诉一点歆慕的心情。

要是腹中空虚，可以随意跑进一家小铺子里去当一回座上客。铺子是小的，店堂湫隘腌臜，花不了多少钱，却完全可以换得一饱。这里没有什么名贵西餐，满汉酒席，苏扬细点，山珍海馐，精致美味；但你去看看周围的食客，一碗牛肉汤，一碗阳春面，有的外加二两白干，浅斟细酌，品味着小市民式的餍足。面对那种悠然自得的神情，你会不由得从心里尝味到一种酸辛苦涩而又微甘的世味，同时想起那俗滥的诗句，真的是"万事不如杯在手，人生几见月当头？"

浏览一下铺面的景色，又会"别有一番滋味在心头"。古朴的陈设，油腻破旧的桌椅，蓝边大碗，寿字花的小酒盅，壁上威武的关公画像，砧板上雪亮的刀子，红色的牛肉，炉灶上熊熊的火光，在满是油污的伙计脸上闪烁，气大声洪地大声叫唤……这光景会使你自然地想到《水浒传》里描写的场面，恍惚回到了辽远的古代。

尔虞我诈的机心暂时收敛了，残酷的杀伐挂起了短期的免战牌。

夜深沉，上海这个巨人睡熟了，给了我们片刻的安静。但我们期待的，不是这种扑朔迷离的幻境，而是那晨曦照耀的黎明。

一九三五年

　　　　　（选自《柯灵散文选》，人民文学出版社，1983年版）

青岛素描

王统照

　　从北平来，从上海来，从中国任何的一个都市中到青岛来，你会觉得有另一种的滋味。北平的尘土，旧风俗的围绕，古老中国的社会，使你沉静，使你觉到匆忙中的闲适，小趣味的享受。在上海，是处处模仿着美国式的摩天楼，耀目的红绿光灯，街市中不可耐的噪音；各种人民的竞猎，凌乱，繁杂忙碌，狡诈，是表现着帝国主义殖民地的威风派头。然而青岛，却在中国的南方与北方的都会中独自表现着另一副面目。

　　"青山，碧海，红瓦，绿树。"康有为的批评青岛色彩的八个字，久已悬悬于一般旅行者的记忆之中。讲青岛的表现色，这几个形容字自然不可移易。初到那边的人一定会亲切地感到。

　　我早有几次的经验，不是初来此地的生客。然而这一个春季，我特别在这个美丽的地方借住于友人的家中，过了几个月。有许多很好的机会，使我看到以前所未留心的事物。

这地方的道路、花木、房屋的建筑，曾经有不少的人写过游记，似乎不必详谈。然而从另一种的观察上看去，这里一切的情形是混合着德国人的沉重、日本人的小巧、中国固有的朴厚。经过重要街道，你如果是个留心的观察者，可以从街头所有的表现上看得出。

譬如就建筑上来说，这是最能显示一国的民风与其文化的。青岛在荒凉的渔村时代，什么也没有。自从世界上震惊于德国兵舰强占胶州湾以后，一年一年地过去，这里完全变样了。为了德人强修胶济铁路，沿铁路线的强悍的山东农民做了暴征的牺牲者，人数并不很少；可是在另一方面，为了金钱、为了新生路的企图，靠近胶州湾几县的农民、工人，用他们的汗血与聪明，在德国人的指挥之下，把青岛完全改观。深入大海中的石壁码头，平山、开道，由一砖、一木，造成美好坚固德国风的高大楼房。他们有的因此得了奇怪的机会，由一个苦工后来变为有钱有势的人物，有的挣得一份小家私，不在乡间过活，也有的一无所得，或者伤了生命。但青岛的建设事业如其说是凭了德国人的头脑，还不如说是胶东穷民的血汗。自然，一般人都颂扬德国人的魄力。然而我看到这几十年前的海滨渔场，现在居然变为四十多万人口的中等都市，这期间的辛苦经营，除掉西方的机器文化以外，我们能忍心把中国一般苦工的力量全个抛去？

欧战之后，乖巧的日本人承袭了德国人强占的军港，于是太阳旗子、木屐的响声，到处都是；于是又一番的辟路、盖屋；又一番的指挥、压迫。无量的日本货物随着他们的足迹遍布山东的全境。而一般在这个地方辗转求生的中国人，只好把以前学会的德语抛却，重新学得日本言语、文字，再来做一次奴隶。

这是有什么法子！"在人矮檐下，怎敢不低头！"于是中国人的心目中觉得那回非前时可比了。德国人像一只掠空的鸷鹰，他单拣地面上随时可以取得的肥鸡、跑兔；至于小小虫豸则不足饱他的口腹。他是情愿把小小的恩惠赏给奴隶们的。可是××人却不然了。挟与俱来的：街头的小贩、毒品的制造者、浪人、红裙队，什么都来了。一批一批的男女由大阪、神户向这个新殖民地分送。于是以前觉得尚有微利可求的中国居民也渐渐感到恐慌。因为对××人的诅恨，更感到德国人的优容。直到现在，与久居青市的人民谈起话来，说到这两位临时主人，总说："德国人好得多，××最下三烂！"这是两句到处可以听到的话。

主人是换过了，虽然待遇不比从前好，怎么样呢？因为各种事业的开展仍然最需要苦工。而山东各县的景况恰与这新开辟的都市成了反比例。连年内战，土地跌价，一般农民都想从码头上找生路。于是蓝布短衣、腰披竹烟管、戴围笠的乡民也如一般××的找机会的平民一样，一批一批地由铁路、由小帆船运到这可以憧憬着什么的地方中来。

从那时起，军港的青岛一变而为纯粹的商港。聪明的××

人知道这里还不是久居之地。也不做军港的企图。把德人的修船坞拖回他们的国内，德人费过经营的沿海要塞的炮台，内部完全破坏，只要有利可图，能够继续占有德人在沿铁道的企业，如煤矿、林业、房舍，种种，他们一心一意来做买卖。直待至太平洋会议时，摆了许多架子，在种种苛刻的条件下，算是把这片土地付还中国。

历史，自有不少的聪明历史家可以告诉后人的，现在我要单从建筑上谈一谈青岛的混合性。

看一个国家或是一个地方的文化，善于观察者从一方面即可推知其全体。即就建筑上说，很明显的如爱司基摩（爱斯基摩）人的雪屋，热带地方人住的树皮草叶的小屋，近而如日本人好建木板房子，而中国北方就有火炕。由于气候、习惯，建筑遂千差万别。从这上面最易分别出一国家一地方的民性。至于更高尚的，如东方西方古代的建筑，何以意大利有许多辉煌奇异的教堂，而埃及则有金字塔？正如中国有著名的长城一样。所以有此的缘故，并不简单，要与其一国的地理、历史、风尚、人民的性质俱有关系。这不是几句话可以说明的。

德国的建筑移植到中国来，当然青岛是一个重要地方。在初时一般人只知道德国人在大清府（这是一个不见于历史的名词，乃是山东胶东一带人民在二十年前叫青岛的一个自造专名词，到底是大青还是大清，却无从知道）盖洋楼，自然是在几层上面，有尖角，有石柱，有雕刻，有突出嵌入的种种凉台、窗子，统名之曰洋式而已。实在直到现在，凡是留心的人还能由这些先建的洋楼上，看出德国人的沉鸷刚勇的气概。例如青岛著名的建筑物，现在的市政府与迎宾馆，以及当年德国人的军营，现在的山东大学与市立中学校。那些建筑物，除掉具备坚固、方正、匀称、高大的种种相之外，你在它们旁边经过，就觉得德国人凡事要立根很深的国民性有点可怕！同时也还有其可爱之点。当初他们对这个港口实在是花过本钱的。究竟不知是多少万马克汇来东方，经营着山路、海堤森林、铁路，一切事他们早打定了永久的计划，所以都从根本上着想。建筑也是如此。现在凡过青市生活略久一点的人，走到街上，单凭看惯的眼光，便能指出这所房子是德国人盖的，那是××的玩意，是中国式房子，十有八九错不了。自然的分别，就譬如眼见各人的面目不同一样。

有形势与作风，自古代，建筑是与音乐、绘画，并列入文艺之内的。因为它表现着时代精神与人民生活性的全体，而愈长久的建筑物却愈能代表那一个国家一个地方的最高文化。端庄中具有稳静的姿态，严重形势上包含着条理与整齐。不以小巧见长，同时也不很平板。恰好与日本人的建筑物相反。日本在维新以后，初时处处唯德国是仿，然而连形式也不对。由日本占青市后建造的神社及其他住房上看，很清楚，他们只在玲珑、清秀上做打扮。是一个清瘦精细的女孩，而没有"硕人其颀"的神态。至于完全出自中国人的意匠所盖的房屋，除却照例的二三层商店房式之外，其他的住房多半是整齐、方正，很能在新形式中仍存有固有的风姿。近年也有几处从上海移植来的所谓立体建筑物。

青岛的建筑是这样混杂着。可以由此推知以前的青岛是如何受了外国的影响。

"不错，这名称不是空负的。据我所到的地方，就连德国说在内，像这么美丽适于居住的城市也不多。"

正是一个春末的黄昏，我的亲戚C君——他是一个留德的医学博士——在凉台告诉我，因为我们又谈到这东方花园的问题。

"我爱这边的幽静，而又不缺乏什么，可是有人说这边没有中国文化，但怎么讲呢？'文化'两个字解释起来怕也费劲！自然许多人在热心拥护古老的文化精神，是什么呢？你说……"我呷着一口清茶望着电灯微明下的波光慢慢地说："哼！文化！中国的古老文化不是上茶馆，抽水烟，到处有的杂货摊？什么东西只要古香古色的那就是！……至于说真正的中国固有文化的精神，你以为在哪里？难道在北平，在济南，在各个大都会里？我们到那些地方也只看到古老文化的渣滓，真正可爱的古文化的精神在哪里？……"

"所以啦，我以为在这里反倒清静些……"他感慨地叹着，又加上一句断语。

"本来我对这一句话也认为有点难讲。这地方没有中国古老的文化，也许容易造成一个崭新的地方。因为以前没的可保守，所以一切事都容易从新做起。虽然是否能造成另一种更好的文化还不可知，然而至少要把那些文化的没用的渣滓去掉，也并不难——我知道这边的人民诚实、朴厚，做起事来又认真，虽然不十分灵活，可是凡到本处来的人却很能了解。又配上这么幽静而又有待发展的地方，在国内，青岛的将来是不缺少好希望的。"

C君因为我的乐观，便在小桌上用手指敲一下道：

"你可不要忘记了××人！"

每个在青岛住得久稍有点知识的人时时容易想到这一个严重问题。××人，虽然似乎大量地把这个地方奉还原主，然而铁路的价值，保留的房产，沿铁道线的种种权利，依然都在他们的掌握之中。兵舰是朝发夕至，对于这个好地方的未来，谁也怕××人再来伸手！

"你想这边××的余势还有多少？重要商业与航运的便利，几乎全被他们所操纵。现在青岛的平和能维持到哪一年，天知道！——可是这也不必多虑了。想不了那一些！另外我可告诉你，为什么近十年来这海边小都会人口渐渐加多？不是做生意的人说不好？不景气么？然而各县各乡村中的不安定较这里更厉害，就使吃饭便好，那些用手脚来谋生的人往外跑，一年比一年多，各处一例。所以在这里也看出人口增多，而事业并不见大发展的缘故。"

他怕我不明白这种情形，所以尽力地解释，但是我正在靠山面海的凉台上向四方看去。稀稀疏疏的电灯光映着那些一堆一撮高下错落的楼房，海边就在我们坐的楼下。银色的波涛有节奏似的撞着石堆作响。静静的海面只有几只不知哪国的军舰，静静地停泊着。黑暗中海面的胸衣慢慢起落。在安闲平静中却包藏着什么中国、日本，农村、商业的重大问题。这时我另有所思，答复C君道：

"唉！这人间的苦恼，永久的争斗，从古时到现在，没有演奏完了的时候，今夕何夕？你看，这么好听的涛声，这样好的境界之中！……"

"你是'想今夕只可谈风月'！哈哈！……"

"……"

"是的，本来人是在环境中容易被征服的动物。刺激愈重，动力愈大，从前在德日帝国主义者的铁骑下的中国居民，虽然是被保护者，可是他们究竟还感到压迫的不安。现在大家除却做个人的生活竞争之外，在这幽静的新都市中住惯了的人，差不多随了环境也都染上一种悠闲的性质。就以生活较苦的人力车夫来作比，你看他们与上海、天津、汉口、北平各处他们的同行可 样？"

"不同，不同。青岛市的车夫穿得整齐，他们争坐也不像别的地方那么厉害，甚至吵骂，挥拳头。差得多这是谁都看得出来的。"

"原因？……原因就在这里的钱较容易赚，虽然生活程度并不低于别的都会。外国人多一点，贫苦生活的竞争是有的，然而比别的都会也还差些。"

我听了C君的结论，不敢十分相信，然而也无可以驳他的理由。我忽然注目到凉台下面的几棵樱花树，电光下摇动她的花瓣落在青草地上。

"啊！是了。这几天我只从街道旁边看过樱花，没曾专往公园的樱花路上去观观光。……"

"这还是日本风的遗留。自从日本人占了此地之后。栽植上不少的樱花树，每年还有一个樱花节在四月中举行几天，与在日本一样。现在这节日自然是取消了，可是每年花开的时候，车马游人依然是十分热闹。春季与盛夏是青岛最佳的时候，——所以无论如何，青岛的居民是谈不到秋冬令的感受与刺激的！"

C君很俏皮地这么说，我也明白他也有点别感，话并不直率。可是我一心要拉着他外出游观，便与他定明于第二天一早出发往公园与青岛市外。

沿着海岸的太平路、莱阳路，随了汽车队的穿行，这真给我以重游的满足。一面是碧波明净的大海，一面是山上参差的楼台。汇泉一带的新建筑与团团的一大片草场那么柔又那么绿。未到公园以前便看见比乡镇赛会热闹得多的游众。公园的玩意儿很多：水果摊、咖啡店、照相处、小饭店，都在花光树影下叫卖着。不是看花，简直是"人市"。

实在这广大的中山公园的美点并不止在这几百株的樱花身上，有许多植物从德人管理时移植过来，名目繁多，大可供学植物者的参考：据说因为德人要试验这半岛上究竟宜种何种植物，便尽量地撒布下各种植物的种子。……再则是最娇美的海棠在这边也成了一条路，路两侧全是丽红粉白的花朵，其实比满树烂漫的樱花好看。

剪平的圆草地，有小花围绕的喷水池，难于一一说出名字的各种松柏类的植物，熏人欲醉的暖风，每个人都很欣乐地在这自然的美景中游逛，说笑。我因此记起了C君夜来的谈话，不禁使自己也有点惘然之感！

因为太喧闹了，我们便离开这里往清静的海浴场去。

还不到海浴的时候，一大片沙滩上只有那些各种颜色的木板屋，空虚地呆立着。没有特制大布伞，没有儿童的叫嚷，没有女人的大腿与红帽。静静地看，由这处，那处，一层层泛荡过来的层波，轻柔地在沙边吞啮着。恰巧这不是上潮的一天，浅水，明沙，分外显得有趣。我们脱了鞋袜用海水洗过脚，在沙滩上来回地走着。看这片深碧色浮映着一种可爱的明光的圆镜，斜对面的青岛山，小小的山峰孤立在那里，披上春天的薄衣。小的浪花疲倦地，迟迟地，似一个春困的少女的呼吸，由不知何处来的那股冲动的力量使她觉到不安，可又不能做有力的挣扎。沙是太柔软了，脚踏下去比在波斯织的毛毯上还舒适。是那么微荡地又熨帖地使脚心的皮肤感到又麻又痒的一种快感。

风从海面斜掠过来，夹着微有咸湿的气味，并不坏，因为一点也不干燥。

空中呢，在这海边的天空是最可爱的，尤其是春秋的时候，晴天的日子那么多，高高的空中，明丽的蔚蓝色，像一片彩色的蓝宝石将这个海边的都市全罩住。云是常有的，然而是轻松的、片段的，流动的彩云在空中时时做翩翩的摆舞，似乎是微笑，又似乎是微醉的神态，绝少有板起青铅色的面孔要向任何人示威的样儿。而且色彩的变化朝晚不同。如有点稍稍闲暇的工夫，在海边看云，能够平添一个人的许多思感，与难于捉摸的幻想。映着初出海面的太阳淡褐色的微绛色的云片轻轻点缀于太空中。午间，有云，晴天时便如一团团白絮随意流荡。午后到黄昏，如果你是一个风景画家，便可以随时捉到新鲜、奇丽的印象。从云彩，从落日的渲染，从海对面的山色上，使你的画笔可以有无穷的变化。

这上午我同C君在沙滩上被什么引诱似的坐了许久的时候，时时听到岸上车马来回的响声。

C君为要另给我一种印象，叫了一部马车把我们载到东西镇去。

那像青岛市中心的首、尾。东镇在以前是与市区隔着一条荒凉的马路，两旁还是野田。这些年那条路却成了日本居留民的中心地带。由日本神社的下面往东走，好长的一条辽宁路，两旁的生意至少有一半是挂着日文的招牌。这是公共汽车与各处长途汽车向市外走的要道。东镇原是一个小小的村庄，现在成了工人小贩的居住区。自然，马路、电话、汽车，样样都有，可是旧式的黑板门、红门对小店铺的陈设，冷摊的叫卖者，仿佛到了中国较大的乡村一样。这里很少摩登的式样。有不少的短衣破鞋的男子，与乱拢着髻子仍然穿着旧式衣裤的女人。小孩子光着屁股在街上打架。拾蚌螺的贫女提着柳条筐子从海边回来。这便是青岛的贫民窟么？不对，究竟得算高一级的。不过当我们的马车经过几条冷落的小街道时，看见矮矮的瓦檐下，门口便是土灶，有的还有些豆梗、高粱，似是预备做燃料用的。窄窄的红对联不免有"一元复始，万象更新"的吉利话。三个两个穿红裤子蓝布褂的女人，明明是乡间的农妇，可是满脸厚涂着铅粉、胭脂，向街上时用搜索的眼光找人。经过 C 君的告诉，我才知道这是最低等的卖淫者，大约是几角钱的代价吧。这边有的是普通工人，干粗活的、拉大车的，有一种需要的消费，便有供给的商品。

"你没看见那些门上有一盏玻璃罩的煤油灯？那便是标识，经过上捐的手续，她们便可在晚上点灯，正式营业——其实这些事谁还管是夜里、白天！"

C 君即速催着马车走过，我疑心他这位医学家是怕有什么病菌在空中传布吧。

由东镇再转出去，便是著名工厂地带的四方。触目所见全是整齐的红砖房子。银月、大康等日本人的纱厂都在这里。男女工人在上工放工时，沿四方到东镇的马路上，全是他们的足迹。山东全省人民日常穿的粗衣原料，这里便是整批的供给处。不错，几万的工人在这到处不景气氛围中，似乎容易发生失业的问题。在青岛却差得多，生意与一切便宜的关系，横竖各个乡村谁不需要一件洋布衣服穿，价廉而又广泛的推销贩卖，这个地方的各个大机器很少有停止运行的时候。

四方这地方就因为若干大工厂的关系，变为工人居住的区域。又加上胶济铁路的机厂也在这里，所以我们在这一带所见到的便是短衣密扣的壮年男子，梳辫剪发的花布衣裳的姑娘，煤灰，马路上的尘土，并且可以听到各种机件的响声。

西镇是紧接着青市的中心市区，除了经过火车道上面的一条大桥之外，并无什么界限。虽然也似乎杂乱，却较东镇整齐得多。小商店与一般职员的住房很多。

日落时马车转到青市的最西偏处。那是著名的马虎窝。海岸上的木板屋与草棚，中间有不少的家庭在这荒凉的地方度日。

"这才是青岛的贫民窟。你瞧：与南海岸的高大楼房相比，以为如何？……"C君问我。

"哪个都市不是这样！到处都是一律。但我总想不到在这美丽的都市也还有这么苦的地方。"

"傻人！愈是都市愈得需要苦力。没有他们怎么能造成各种享受的事物。一手、一足的力量是一切最需要的。而上级的人士他们宝贵他们的头脑，更宝贵他们的手足。机械还不能支配一切，于是苦力便需要了。所以你以为东镇的小屋是最低等，瞧这儿？……"

我在车中不停地注视。矮矮的木屋，有的盖上几十片薄瓦，有的简直是用草坯。鸡栅便在屋旁，疲卧的小狗瞪不起警视的眼睛，与西洋女人身后的狼犬不可比量！全是女人、孩子，她们的男子这时正在赚馒头吃的地方工作，还没有回来。

澎湃的涛声在这片荒凉的海岸下响着单调的音乐，向东望，几处高高矗立的烟突，如同一些高大的警察在空中俯瞰着一切。

"平民的房屋现在正在建筑着，然而怎么能够用。这不是一个问题？"C君说。

我没回答他。马车穿过这里，一些黄瘦污脏垂着鼻涕的孩子前前后后地待着。

渐走渐近，不到半点钟市中心的红绿光商标已经放射出刺激视觉的光彩，而流行的爵士音乐与"我爱你"的小调机片声音，也可以听得到了。

夜间，我独自在南海岸的杂花道上逛了一会，想着往海滨公园，太远了，便斜坐在栈桥北头小公园的铁桥上面前看。新建成的栈桥，深入海中的亭子，像一座灯塔。水声在桥下面响得格外有力。有几个游人都很安闲地走着，听不到什么言语，弯曲的海岸远远地点缀着灯光，与桥北面的高大楼台的相映是一种夜色的对称。

一天重游的所见，很杂乱地在我的脑中映现。我想：不错，这么静美而又清洁，一切并不比大都市缺乏什么好的地方，无怪许多人到此来的很难离开。可是从另一方面说，还不是一样，也有中国都市的缺陷。或者少点？虽然静美，却使人感到并不十分强健。理想的境界本来难找，可是除却沉醉于静美的环境中，想一想中国都市的病象，竟差不多！譬如这里，已比别处好得多，然而有什么更好的方法可以使这个静美的地方更充实与健康呢？

我又想了，这个问题是普遍于各大都市之中的。……

一九三四年三月十九日

（选自王统照《青纱帐》，生活书店，1936年版）

桨声灯影里的秦淮河

俞平伯

　　我们消受得秦淮河上的灯影，当圆月犹皎的仲夏之夜。

　　在茶店里吃了一盘豆腐干丝，两个烧饼之后，以歪歪的脚步踅上夫子庙前停泊着的画舫，就懒洋洋躺到藤椅上去了。好郁蒸的江南，傍晚也还是热的。"快开船吧！"桨声响了。

　　小的灯舫初次在河中荡漾；于我，情景是颇朦胧，滋味是怪羞涩的。我要错认它作七里的山塘；可是，河房里明窗洞启，映着玲珑入画的曲栏杆，顿然省得身在何处了。佩弦呢，他已是重来，很应当消释一些迷惘的。但看他太频繁地摇着我的黑纸扇。胖子是这个样怯热的吗？

　　又早是夕阳西下，河上妆成一抹胭脂的薄媚。是被青溪的姊妹们所熏染的吗？还是匀得她脸上的残脂呢？寂寂的河水，随双桨打它，终是没言语。密匝匝的绮恨逐老去的年华，已都如蜜饧似的融在流波的心窝里，连呜咽也将嫌它多事，更哪里论到哀嘶。心头，宛转的凄怀；口内，徘徊的低唱；留在夜夜的秦淮河上。

在利涉桥边买了一匣烟，荡过东关头，渐荡出大中桥了。船儿悄悄地穿出连环着的三个壮阔的涵洞，青溪夏夜的韶华已如巨幅的画豁然而抖落。哦！凄厉而繁的弦索，颤岔而涩的歌喉，杂着吓哈的笑语声，噼啪的竹牌响，更能把诸楼船上的华灯彩绘，显出火样的鲜明，火样的温煦了。小船儿载着我们，在大船缝里挤着，挨着，抹着走。它忘了自己也是今宵河上的一星灯火。

既踏进所谓"六朝金粉气"的销金锅，谁不笑笑呢！今天的一晚，且默了滔滔的言说，且舒了恻恻的情怀，暂且学着，姑且学着我们平时认为在醉里梦里的他们的憨痴笑语。看！初上的灯儿们一点点掠剪柔腻的波心，梭织地往来，把河水都皱得微明了。纸薄的心旌，我的，尽无休息地跟着它们飘荡，以至于怦怦而内热。这还好说什么的！如此说，诱惑是诚然有的，且于我已留下不易磨灭的印记。至于对榻的那一位先生，自认曾经一度摆脱了纠缠的他，其辩解又在何处，这实在非我所知。

我们，醉不以涩味的酒，以微漾着、轻晕着的夜的风华。不是什么欣悦，不是什么慰藉，只感到一种怪陌生、怪异样的朦胧。朦胧之中似乎胎孕着一个如花的笑——这么淡，那么淡的倩笑。淡到已不可说，已不可拟，且已不可想；但我们终究是眩晕在它离合的神光之下的。我们没法使人信它是有，我们不信它是没有。勉强哲学地说，这或近于佛家的所谓"空"，既不当鲁莽说它是"无"，也不能径直说它是"有"，或者说"有"是有的，只因无可比拟形容那"有"的幻景；故从表面看，与"没有"似不生分别。若定要我再说得具体些：譬如东风初劲时，直上高翔的纸鸢，牵线的那人儿自然远得很了，知她是哪一家呢？但凭那鸢尾一缕飘绵的彩线，便容易揣知下面的人寰中，必有微红的一双素手，卷起轻绡的广袖，牢担荷小纸鸢儿的命根的。飘翔岂不是东风的力，又岂不是纸鸢的含德，但其根株却将另有所寄。请问，这和纸鸢的省悟与否有何关系？故我们不能认笑是非有，也不能认朦胧即是笑。我们定应当如此说，朦胧里胎孕着一个如花的幻笑。和朦胧又互相混融着的；因为本来是淡极了，淡极了这么一个。

漫题那些纷繁的话，船儿已将泊在灯火的丛中去了。对岸有盏跳动的汽油灯，佩弦便硬说它远不如微黄的灯火。我简直没法和他分证那是非。

时有小小的艇子急忙忙打桨，向灯影的密流里横冲直撞。冷静孤独的油灯映见黯淡久的画船头上，秦淮河姑娘们的靓妆。茉莉的香，白兰花的香，脂粉的香，纱衣裳的香……微波泛滥出甜的暗香，随着她们那些船儿荡，随着我们这船儿荡，随着大大小小一切的船儿荡。有的互相笑语，有的默然不响，有的衬着胡琴亮着嗓子唱。一个，三两个，五六七个，比肩坐在船头的两旁，也无非多添些淡薄的影儿葬在我们的心上——太过火了，不至于吧，早消失在我们的眼皮上。谁都是这样急忙忙地打着桨，谁都是这样向灯影的密流里冲撞着；又何况久沉沦的她们，又何况漂泊惯的我们俩。当时浅浅的醉，今朝空空的惆怅；老实说，咱们萍泛的绮思不过如此而已，至多也不过如此而已。你且别讲，你且别想！这无非是梦中的电光，这无非是无明的幻象，这无非是以零星的火种微炎在大欲的根苗上。扮戏的咱们，散了场一个样，然而，上场锣，下场锣，天天忙，人人忙。看！吓！载送女郎的艇子才过去，货郎担的小船不是又来了？一盏小煤油灯，一舱的什物，他也忙得来像手里的摇铃，这样叮咚而银铛。

杨枝绿影下有条华灯璀璨的彩舫在那边停泊。我们那船不禁也依傍短柳的腰肢，欹侧地歇了。游客们的大船，歌女们的艇子，靠着。唱的拉着嗓子；听的歪着头，斜着眼，有的甚至于跳过她们的船头。如那时有严重些的声音，必然说："这哪里是什么旖旎风光！"咱们真是不知道，只模糊地觉着在秦淮河船上板起方正的脸是怪不好意思的。咱们本是在旅馆里，为什么不早早入睡，掂着牙儿，领略那"卧后清宵细细长"；而偏这样急急忙忙跑到河上来无聊浪荡？

还说那时的话，从杨柳枝的乱鬓里所得的境界，照规矩，外带三分风华的。况且今宵此地，动荡着有灯火的明姿。况且今宵此地，又是圆月欲缺未缺，欲上未上的黄昏时候。叮当的小锣，伊轧的胡琴，沈填的大鼓……弦吹声腾沸遍了三里的秦淮河。喳喳嚷嚷的一片，分不出谁是谁，分不出哪儿是哪儿，只有整个的繁喧来把我们包填。仿佛都抢着说笑，这儿夜夜尽是如此的，不过初上城的乡下老是第一次呢。真是乡下人，真是第一次。

穿花蝴蝶样的小艇子多到不和我们相干。货郎担式的船，曾以一瓶汽水之故而拢近来，这是真的。至于她们呢，即使偶然灯影相傆而切掠过去，也无非瞧见我们微红的脸罢了，不见得有什么别的。可是夸口早哩！——来了，竟向我们来了！不但是近，且拢着了。船头傍着，船尾也傍着；这不但是拢着，且并着了。厮并着倒还不很要紧，且有人扑通地跨上我们的船头了。这岂不大吃一惊！幸而来的不是姑娘们，还好。（她们正冷冰冰地在那船头上。）来人年纪并不大，神气倒怪狡猾，把一扣破烂的手折，摊在我们眼前，让细瞧那些戏目，好好儿点个唱。他说："先生，这是小意思。"诸君，读者，怎么办？

好，自命为超然派的来看榜样！两船挨着，灯光愈皎，见佩弦的脸又红起来了。那时的我是否也这样？这当转问他。（我希望我的镜子不要过于给我下不去。）老是红着脸终究不能打发人家走路的，所以想个法子在当时是很必要。说来也好笑，我的老调是一味地默，或干脆说个"不"，或者摇摇头，摆摆手表示"绝不"。如今都已使尽了。佩弦便进了一步，他嫌我的方术太冷漠了，又未必中用，摆脱纠缠的正当道路唯有辩解。好吗！听他说："你不知道？这事我们是不能做的。"这是诸辩解中最简洁，最漂亮的一个。可惜他所说的"不知道？"来人倒算有些"不知道！"辜负了这二十分聪明的反语。他想得有理由，你们为什么不能做这事呢？因这"为什么？"佩弦又有进一层的曲解。哪知道更坏事，竟只博得那些船上人的一哂而去。他们平常虽不以聪明名家，但今晚却又怪聪明，如洞彻我们的肺肝一样的。这故事即我情愿讲给诸君听，怕有人未必愿意哩。"算了吧，就是这样算了吧。"恕我不再写下了，以外的让他自己说。

叙述只是如此，其实那时联翩而来的。我记得至少也有三五次。我们把它们一个一个地打发走路。但走的是走了，来的还正来。我们可以使它们走，我们不能禁止它们来。我们虽不轻被摇撼，但已有一点机阢了。况且小艇上总载去一半的失望和一半的轻蔑，在桨声里仿佛狠狠地说，"都是呆子，都是吝啬鬼！"还有我们的船家（姑娘们卖个唱，他可以赚几个子的佣金）。眼看她们一个一个地去远了，呆呆地蹲踞着，怪无聊赖似的。碰着了这种外缘，无怒亦无哀，唯有一种情意的紧张，使我们从颓弛中体会出挣扎来。这味道倒许很真切的，只恐怕不易为倦鸦似的人们所喜。

曾游过秦淮河的到底乖些。佩弦告船家："我们多给你酒钱，把船摇开，别让他们来啰唆。"自此以后，桨声复响，还我以平静了，我们俩又渐渐无拘无束舒服起来，又滔滔不断地来谈谈方才的经过。今儿是算怎么一回事？我们齐声说，欲的胎动无可疑的。正如水见波痕轻婉已极，与未波时究不相类。微醉的我们，洪醉的他们，深浅虽不同，却同为一醉。接着来了第二问，既自认有欲的微炎，为什么艇子来时又羞涩地躲了呢？在这儿，答语参差着。佩弦说他的是一种暗昧的道德意味，我说是一种似较深沉的眷爱。我只背诵岂君的几句诗给佩弦听，望他曲喻我的心胸。可恨他今天似乎有些发钝，反而追着问我。

前面已是复成桥。青溪之东，暗碧的树梢上面微耀着一桁的清光。我们的船就缚在枯柳桩边待月。其时河心里晃荡着的，河岸头歇泊着的各式灯船，望去，少说点也有十廿来只。唯不觉繁喧，只添我们以幽甜。虽同是灯船，虽同是秦淮，虽同是我们；却是灯影淡了，河水静了，我们倦了——况且月儿将上了。灯影里的昏黄，和月下灯影里的昏黄原是不相似的，又何况入倦的眼中所见的昏黄呢。灯光所以映她的秋姿，月华所以洗她的秀骨，以蓬腾的心焰跳舞她的盛年，以饧涩的眼波供养她的迟暮。必如此，才会有圆足的醉，圆足的恋，圆足的颓弛，成熟了我们的心田。

犹未下弦，一丸鹅蛋似的月，被纤柔的云丝们簇拥上了一碧的遥天。冉冉地行来，冷冷地照着秦淮。我们已打桨而徐归了。归途的感念，这一个黄昏里，心和境的交萦互染，其繁密殊超我们的言说。主心主物的哲思，依我外行人看，实在把事情说得太嫌简单，太嫌容易，太嫌分明了。实有的只是浑然之感。就论这一次秦淮夜泛吧，从来处来，从去处去，分析其间的成因自然亦是可能；不过求得圆满足尽的解析，使片段的因子们合拢来代替刹那间所体验的实有，这个我觉得有点不可能，至少于现在的我们是如此的。凡上所叙，请读者们只看作我归来后，回忆中所偶然留下的千百分之一二，微薄的残影。若所谓当时之感，我绝不敢望诸君能在此中窥得。即我自己虽正在这儿执笔构思，实在也无从重新体验出那时的情景。说老实话，我所有的只是忆。我告诸君的只是忆中的秦淮夜泛。至于说到那"当时之感"，这应当去请教当时的我，而他久飞升了，无所存在。

……

凉月凉风之下，我们背着秦淮河走去，悄默是当然的事了。如回头，河中的繁灯想定是依然。我们却早已走得远，"灯火未阑人散"，佩弦，诸君，我记得这就是在南京四日的醋嬉，将分手时的前夜。

一九二三年八月二十二日，北京

（选自《杂拌儿之一》，江西人民出版社，1982年版）

南京

朱自清

南京是值得流连的地方，虽然我只是来来去去，而且又都在夏天。也想夸说夸说，可惜知道的太少；现在所写的，只是一个旅行人的印象罢了。

逛南京像逛古董铺子，到处都有些时代侵蚀的遗痕。你可以摩挲，可以凭吊，可以悠然遐想；想到六朝的兴废，王谢的风流，秦淮的艳迹。这些也许只是老调子，不过经过自家一番体贴，便不同了。所以我劝你上鸡鸣寺去，最好选一个微雨天或月夜。在朦胧里，才酝酿着那一缕幽幽的古味。你坐在一排明窗的豁蒙楼上，吃一碗茶，看面前苍然蜿蜒着的台城。台城外明净荒寒的玄武湖就像大涤子的画。豁蒙楼一排窗子安排得最有心思，让你看得一点不多，一点不少。寺后有一口灌园的井，可不是那陈后主和张丽华躲在一堆儿的"胭脂井"。那口胭脂井不在路边，得破费点工夫寻觅。井栏也不在井上；要看，得老远地上明故宫遗址的古物保存所去。

从寺后的园地，拣着路上台城；没有垛子，真像平台一样。踏在茸茸的草上，说不出的静。夏天白昼有成群的黑蝴蝶，在微风里飞；这些黑蝴蝶上下旋转地飞，远看像一根粗的圆柱子。城上可以望南京的每一角。这时候若有个熟悉历代形势的人，给你指点，隋兵是从这角进来的，湘军是从那角进来的，你可以想象异样装束的队伍，打着异样的旗帜，拿着异样的武器，汹汹涌涌地进来，远远仿佛还有哭喊之声。假如你记得一些金陵怀古的诗词，趁这时候暗诵几回，也可印证印证，许更能领略作者当日的情思。

从前可以从台城爬出去，在玄武湖边；若是月夜，两三个人，两三个零落的影子，歪歪斜斜地挪移下去，够多好。现在可不成了，得出寺，下山，绕着大弯儿出城。七八年前，湖里几乎长满了苇子，一味地荒寒，虽有好月光，也不大能照到水上；船又窄，又小，又漏，教人逛着愁着。这几年大不同了，一出城，看见湖，就有烟水苍茫之意；船也大多了，有藤椅子可以躺着。水中岸上都光光的；亏得湖里有五个洲子点缀着，不然便一览无余了。这里的水是白的，又有波澜，俨然长江大河的气势，与西湖的静绿不同，最宜于看月，一片空蒙，无边无界。若在微醺之后，迎着小风，似睡非睡地躺在藤椅上，听着船底汩汩的波响与不知何方来的箫声，真会教你忘却身在那里。五个洲子似乎都局促无可看，但长堤宛转相通，却值得走走。湖上的樱桃最出名。据说樱桃熟时，游人在树下现买，现摘，现吃，谈着笑着，多热闹的。

清凉山在一个角落里，似乎人迹不多。扫叶楼的安排与豁蒙楼相仿佛，但窗外的景象不同。这里是滴绿的山环抱着，出下一片滴绿的树；那绿色真是扑到人眉宇上来。若许我再用画来比，这怕像王石谷的手笔了。在豁蒙楼上不容易坐得久，你至少要上台城去看看。在扫叶楼上却不想走；窗外的光景好像满为这座楼而设，一上楼便什么都有了。夏天去确有一股"清凉"味。这里与豁蒙楼全有素面吃，又可口，又贱。

莫愁湖在华严庵里。湖不大，又不能泛舟，夏天却有荷花荷叶。临湖一带屋子，凭栏眺望，也颇有远情。莫愁小像，在胜棋楼下，不知谁画的，大约不很古吧；但脸子开得秀逸之至，衣褶也柔活之至，大有"挥袖凌虚翔"的意思；若让我题，我将毫不踌躇地写上"仙乎仙乎"四字。另有石刻的画像，也在这里，想来许是那一幅画所从出；但生气反而差得多。这里虽也临湖，因为屋子深，显得阴暗些；可是古色古香，阴暗得好。诗文联语当然多，只记得王湘绮的半联云："莫轻他北地胭脂，看艇子初来，江南儿女无颜色。"气概很不错。所谓胜棋楼，相传是明太祖与徐达下棋，徐达胜了，太祖便赐给他这 所屋子。太祖那样人，居然也会做出这种雅事来了。左手临湖的小阁却敞亮得多，也敞亮得好。有曾国藩画像，忘记是谁横题着"江天小阁坐人豪"一句。我喜欢这个题句，"江天"与"坐人豪"，景象阔大，使得这屋子更加开朗起来。

秦淮河我已另有记。但那文里所说的情形，现在已大变了。从前读《桃花扇》《板桥杂记》一类书，颇有沧桑之感；现在想到自己十多年前身历的情形，怕也会有沧桑之感了。前年看见夫子庙前旧日的画舫，那样狼狈的样子，又在老万全酒栈看秦淮河水，差不多全黑了，加上巴掌大、透不出气的所谓秦淮小公园，简直有些厌恶，再别提做什么梦了。贡院原也在秦淮河上，现在早拆得只剩一点儿了。民国五年父亲带我去看过，已经荒凉不堪，号舍里草都长满了。父亲曾经办过江南闹差，熟悉考场的情形，说来头头是道。他说考生入场时，都有送场的，人很多，门口闹嚷嚷的。天不亮就点名，搜夹带。大家都归号。似乎直到晚上，头场题才出来，写在灯牌上，由号军扛着在各号里走。所谓号，就是一条狭长的胡同，两旁排列着号舍，口儿上写着什么天字号、地字号等的。每一号舍之大，恰好容一个人坐着；从前人说是像轿子，真不错。几天里吃饭、睡觉、做文章，都在这轿子里；坐的伏的各有一块硬板，如是而已。官号稍好一些，是给达官贵人的子弟预备的，但得补褂朝珠地入场，那时是夏秋之交，天还热，也够受的。父亲又说，乡试时场外有兵巡逻，防备通关节。场内也竖起黑幡，叫鬼魂们有冤报冤，有仇报仇；我听到这里，有点毛骨悚然。现在贡院已变成碎石路；在路上走的人，怕很少想起这些事情的了吧？

明故宫只是一片瓦砾场，在斜阳里看，只感到李太白《忆秦娥》的"西风残照，汉家陵阙"二语的妙。午门还残存着，遥遥直对洪武门的城楼，有万千气象。古物保存所便在这里，可惜规模太小，陈列得也无甚次序。明孝陵道上的石人石马，虽然残缺凌乱，还可见泱泱大风；享殿并不巍峨，只陵下的隧道，阴森袭人，夏天在里面待着，凉风沁人肌骨。这陵大概是开国时草创的规模，所以简朴得很；比起长陵，差得真太远了。然而简朴得好。

雨花台的石子，人人皆知；但现在怕也捡不着什么了。那地方毫无可看。记得刘后村的诗云："昔年讲帅何处在，高台犹以'雨花'名。有时宝向泥寻得，一片山无草敢生。"我所感的至多也只如此。还有，前些年南京枪决囚人都在雨花台下，所以洋车夫遇见别的车夫和他争先时，常说，"忙什么！赶雨花台去！"这和从前北京车夫说"赶菜市口儿"一样。现在时移势异，这种话渐渐听不见了。

燕子矶在长江里看，一片绝壁，危亭翼然，的确惊心动魄。但到了上边，逼窄污秽，毫无可以盘桓之处。燕山十二洞，去过三个。只三台洞层层折折，由幽入明，别有匠心，可是也年久失修了。

南京的新名胜，不用说，首推中山陵。中山陵全用青白两色，以象征青天白日，与帝王陵寝用红墙黄瓦的不同。假如红墙黄瓦有富贵气，那青琉璃瓦的享堂，青琉璃瓦的碑亭却有名贵气。从陵门上享堂，白石台阶不知多少级，但爬得够累的；然而你远看，绝想不到会有这么多的台阶儿。这是设计的妙处。德国波慈达姆无愁宫前的石阶，也同此妙。享堂进去也不小；可是远处看，简直小得可以，和那白石的飞阶不相称，一点儿压不住，仿佛高个儿戴着小尖帽。近处山角里一座阵亡将士纪念塔，粗粗的、矮矮的，正当着一个青青的小山峰，让两边儿的山紧紧抱着，静极，稳极。——谭墓没去过，听说颇有点丘壑。中央运动场也在中山陵近处，全仿外洋的样子。全国运动会时，也不知有多少照相与描写登在报上；现在是时髦的游泳的地方。

若要看旧书，可以上江苏省立图书馆去。这在汉西门龙蟠里，也是一个角落里。这原是江南图书馆，以丁丙的善本书室藏书为底子；词曲的书特别多。此外中央大学图书馆近年来也颇有不少书。中央大学是个散步的好地方。宽大、干净，有树木；黄昏时去兜一个或大或小的圈儿，最有意思。后面有个梅庵，是那会写字的清道人的遗迹。这里只是随宜地用树枝搭成的小小的屋子。庵前有一株六朝松，但据说实在是六朝桧；桧阴遮住了小院子，真是不染一尘。

南京茶馆里干丝很为人所称道。但这些人必没有到过镇江，扬州，那儿的干丝比南京细得多，又从来不那么甜。我倒是觉得芝麻烧饼好，一种长圆的，刚出炉，既香，且酥，又白，大概各茶馆都有。咸板鸭才是南京的名产，要热吃，也是香得好；肉要肥要厚，才有咬嚼。但南京人都说盐水鸭更好，大约取其嫩、其鲜；那是冷吃的，我可不知怎样，老觉得不大得劲儿。

（选自《朱自清全集》第一卷，江苏教育出版社，1988年5月版）

扬州旧梦寄语堂

郁达夫

语堂兄，

> 乱掷黄金买阿娇，穷来吴市再吹箫，
>
> 箫声远渡江淮去，吹到扬州廿四桥。

这是我在六七年前——记得是一九二八年的秋后，写那篇《感伤的行旅》时瞎唱出来的歪诗；那时候的计划，本想从上海出发，先在苏州下车，然后去无锡，游太湖，过常州，达镇江，渡瓜步，再上扬州去的。但一则因为苏州在戒严，再则因在太湖边上受了一点虚惊，故而中途变计，当离无锡的那一天晚上，就直到了扬州城里。旅途不带诗韵，所以这一首打油诗的韵脚，是姜白石的那一首"小红低唱我吹箫"的老调，系凭着了车窗，看看斜阳衰草，残柳芦苇，哼出来的莫名其妙的山歌。

我去扬州，这时候还是第一次；梦想着扬州的两字，在声调上，在历史的意义上，真是如何地艳丽，如何地够使人魂销而魄荡！

竹西歌吹，应是玉树后庭花的遗音；萤苑迷楼，当更是临春结绮等沉檀香阁的进一步的建筑。此外的锦帆十里，殿脚三千，后土祠琼花万朵，玉钩斜青冢双行，计算起来，扬州的古迹，名区，以及山水佳丽的地方，总要有三年零六个月才逛得遍。唐宋文人的倾倒于扬州，想来一定是有一种特别见解的；小杜的"青山隐隐水迢迢"，与"十年一觉扬州梦"，还不过是略带感伤的诗句而已，至如"君王忍把平陈业，只博雷塘数亩田"，"人生只合扬州死，禅智山光好墓田"，那简直是说扬州可以使你的国亡，可以使你的身死，而也绝无后悔的样子了，这还了得！

在我梦想中的扬州，实在太有诗意，太富于六朝的金粉气了，所以那一次从无锡上车之后，就是到了我所最爱的北固山下，亦没有心思停留半刻，便匆匆地渡过了江去。

长江北岸，是有一条公共汽车路筑在那里的；一落渡船，就可以向北直驶，直达到扬州南门的福运门边。再过一条城河，便进扬州城了，就是一丁四五百年以来，为我们历代的诗人骚客所赞叹不置的扬州城，也就是你家黛玉的爸爸，在此撒下了孤儿升天成佛去的扬州城！

但我在到扬州的一路上，所见的风景，都平坦萧杀，没有一点令人可以留恋的地方，因而想起了晁无咎的《赴广陵道中》的诗句：

> 醉卧符离太守亭，别都弦管记曾称，
> 淮山杨柳春千里，尚有多情忆小胜。（小胜，劝酒女鬟也。）

> 急鼓冬冬下泗州，却瞻金塔在中流，
> 帆开朝日初生处，船转春山欲尽头。

> 杨柳青青欲哺乌，一春风雨暗隋渠，
> 落帆未觉扬州远，已喜淮阴见白鱼。

才晓得他自安徽北部下泗州，经符离（现在的宿县）由水道而去的，所以得见到许多景致，至少至少，也可以看到两岸的垂杨和江中的浮屠鱼类。而我去的一路呢，却只见了些道路树的洋槐，和秋收已过的沙田万顷，别的风趣，简直没有。连绿杨城郭是扬州的本地风光，就是自隋朝以来的堤柳，也看见得很少。

到了福运门外，一见了那一座新修的城楼，以及写在那洋灰壁上的三个福运门的红字，更觉得兴趣索然了；在这一种城门之内的亭台园圃，或楚馆秦楼，哪里会有诗意呢？

进了城去，果然只见到了些狭窄的街道，和低矮的市廛，在一家新开的绿杨大旅社里住定之后，我的扬州好梦，已经醒了一半了。入睡之前，我原也去逛了一下街市，但是灯烛辉煌，歌喉婉转的太平景象，竟一点儿也没有。"扬州的好处，或者是在风景，明天去逛瘦西湖，平山堂，大约总特别的会使我满足，今天且好好儿地睡它一晚，先养养我的脚力吧！"这是我自己替自己解闷的想头，一半也是真心诚意，想驱逐驱逐宿娼的邪念的一道符咒。

第二天一早起来，先坐了黄包车出天宁门去游平山堂。天宁门外的天宁寺，天宁寺后的重宁寺，建筑的确伟大，庙貌也十分的壮丽；可是不知为了什么，寺里不见一个和尚，极好的黄松材料，都断的断，拆的拆了，像许久不经修理的样子。时间正是暮秋，那一天的天气又是阴天，我身到了这大伽蓝里，四面不见人影，仰头向御碑佛像以及屋顶一看，满身出了一身冷汗，毛发都倒竖起来了，这一种阴戚戚的冷气，教我用什么文字来形容呢？

回想起二百年前，高宗南幸，自天宁门至蜀冈，七八里路，尽用白石铺成，上面雕栏曲槛，有一道像颐和园昆明湖上似的长廊甬道，直达至平山堂下，黄旗紫盖，翠辇金轮，妃嫔成队，侍从如云的盛况，和现在的这一条黄沙曲路，只见衰草牛羊的萧条野景来一比，实在是差得太远了。当然颓井废垣，也有一种令人发思古之幽情的美感，所以鲍明远会作出那篇《芜城赋》

来；但我去的时候的扬州北郭，实在太荒凉了，荒凉得连感慨都教人抒发不出。

到了平山堂东面的功德山观音寺里，吃了一碗清茶，和寺僧谈起这些景象，才晓得这几年来，兵去则匪至，匪去则兵来，住的都是城外的寺院。寺的坍败，原是应该，和尚的逃散，也是不得已的。就是蜀冈的一带，三峰十余个名刹，现在有人住的，只剩了这一个观音寺了，连正中峰有平山堂在的法净寺里，此刻也没有了住持的人。

平山堂一带的建筑，点缀，园囿，都还留着有一个旧日的轮廓；像平远楼的三层高阁，依然还在，可是门窗却没有了；西园的池水以及第五泉的泉路，都还看得出来，但水却干涸了，从前的树木、花草、假山、叠石，并其他的精舍亭园，现在只剩了许多痕迹，有的简直连遗址都无寻处。

我在平山堂上，瞻仰了一番欧阳公的石刻像后，只能屁也不放一个，悄悄地又回到了城里。午后想坐船了，去逛的是瘦西湖小金山五亭桥的一角。

在这一角清淡的小天地里，我却看到了扬州的好处。因为地近城区，所以荒废也并不十分厉害；小金山这面的临水之处，并且还有一位军阀的别墅（徐园）建筑在那里，结构尚新，大约总还是近年来的新筑。从这一块地方，看向五亭桥法海塔去的一面风景，真是典丽矞皇，完全像北平中南海的气象。至于近旁的寺院之类，却又因为年久失修，谈不上了。

瘦西湖的好处，全在水树的交映，与游程的曲折；秋柳影下，有红蓼青萍，散浮在水面，扁舟擦过，还听得见水草的鸣声，似在暗泣。而几个弯儿一绕，水面阔了，猛然间闯入眼来的，就是那一座有五个整齐金碧的亭子排立着的白石平桥，比金鳌玉蝀，虽则短些，可是东方建筑的古典趣味，却完全荟萃在这一座桥，这五个亭上。

还有船娘的姿势，也很优美；用以撑船的，是一根竹竿，使劲一撑，竹竿一弯，同时身体靠上去着力，臂部腰部的曲线，和竹竿的线条，配合得异常匀称，异常复杂。若当暮雨潇潇的春日，雇一个容颜姣好的船娘，携酒与茶，来瘦西湖上洞游半日，倒也是一种赏心的乐事。

船回到了天宁门外的码头，我对那位船娘，却也有点儿依依难舍的神情，所以就出了一个题目，要她在岸上再陪我一程。我问她："这近边还有好玩的地方没有？"她说："还有天宁寺、平山堂。"我说："都已经去过了。"她说："还有史公祠。"于是就由她带路，抄过了天宁门，向东走到了梅花岭下。瓦屋数间，荒坟一座，有的人还说坟里面葬着的只是史阁部的衣冠，看也原没有什么好看；但是一部《廿四史》掉尾的这一位大忠臣的战绩，是读过《明史》的人，无不为之泪下的；况且经过《桃花扇》作者的一描，更觉得史公的忠肝义胆，活跃在纸上了；我在祠墓的中间立着想着；穿来穿去地走着；竟耽搁了那一位船娘不少的时间。本来是阴沉短促的晚秋天，到此竟垂垂欲暮了，更向东踏上了梅花岭的斜坡，我的唱山歌的老病又发作了，就顺口唱出了这么的二十八字：

> 三百年来土一丘，史公遗爱满扬州；
> 二分明月千行泪，并作梅花岭下秋。

写到这里，本来是可以搁笔了，以一首诗起，更以一首诗终，岂不很合鸳鸯蝴蝶的体裁么？但我还想加上一个总结，以醒醒你的骑鹤上扬州的迷梦。

总之，自大业初开邗沟入江渠以来，这扬州一郡，就成了中国南北交通的要道；自唐历宋，直到清朝，商业集中于此，冠盖也云屯在这里。既有了有产及有势的阶级，则依附这阶级而生存的奴隶阶级，自然也不得不产生。贫民的儿女，就被他们强迫做婢妾，于是乎就有了杜牧之的青楼薄幸之名。所谓"春风十里扬州路"者，盖指此。有了有钱的老爷，和美貌的名娼，则饮食起居（园亭），衣饰犬马，名歌艳曲，才士雅人（帮闲食客），自然不得不随之而俱兴，所以要腰缠十万贯，才能逛扬州者，以此。但是铁路开后，扬州就一落千丈，萧条到了极点。从前的运使、河督之类，现在也已经驻上了别处；殷实商户，巨富乡绅，自然也分迁到了上海或天津等洋大人的保护之区，故而目下的扬州只剩了一个历史上的剥制的虚壳，内容便什么也没有了。

扬州之美，美在各种的名字，如绿杨村、廿四桥、杏花村舍、邗上农桑、尺五楼、一粟庵等；可是你若辛辛苦苦，寻到了这些最风雅也没有的名称的地方，也许只有一条断石，或半间泥房，或者简直连一条断石，半间泥房都没有的。张陶庵有一册书，叫作《西湖梦寻》，是说往日的西湖如何可爱，现在却不对了；可是你若到扬州去寻梦，那恐怕要比现在的西湖还更不如。

你既不敢游杭，我劝你也不必游扬，还是在上海梦里想象欧阳公的平山堂，王阮亭的红桥，《桃花扇》里的史阁部，《红楼梦》里的林如海，以及盐商的别墅，乡宦的妖姬，倒来得好些。枕上的卢生，若长不醒，岂非快事。一遇现实，哪里还有Dichtung呢！

一九三五年五月

（选自1935年5月20日《人间世》第28期）

西湖的雪景

钟敬文

　　从来谈论西湖之胜景的，大抵注目于春夏两季，而各地游客，也多于此时翩然来临。——秋季游人已暂少，入冬后，则更形疏落了。这当中自有以致其然的道理。春夏之间，气温和暖，湖上风物，应时佳胜，或"杂花生树，群莺乱飞"，或"浴晴鸥鹭争飞，拂袂荷风荐爽"，都是要教人眷眷不易忘情的。于此时节，往来湖上，沉醉于柔媚芳馨的情味中，谁说不应该呢？但是春花固可爱，秋月不是也要使人销魂么？四时的烟景不同，而真赏者各能得其佳趣；不过，这未易以论于一般人罢了。高深父先生曾告诉过我们："若能高朗其怀，旷达其意……揽景会心，便得真趣。"这是前人深于体验的话。

　　自宋朝以来，平章西湖风景的，有所谓"西湖十景""钱塘十景"之说，虽里面也曾列入"断桥残雪""孤山霁雪"两个名目，但实际上，真的会去赏玩这种清寒的景致的，怕没有很多人吧。《四时幽赏录》的著者，在"冬时幽赏"门中，言及雪景的，几占十分的七八，其名目有"雪霁策蹇寻梅""三茅山顶望江天雪霁""西溪道中玩雪""扫雪烹茶玩画""山窗听雪敲竹""雪后镇海楼观晚炊"等。其中大半所述景色，读了不禁移人神思，固不徒文字粹美而已呢。

西湖的雪景，我共玩了两次。第一次是在此间初下雪的第三天。我于午前十点钟时才出去。一个人从校门乘黄包车到湖滨。下车，徒步走出钱塘门，经白堤，旋转入孤山路，沿孤山西行，到西泠桥，折由大道回来。此次雪本不大，加以出去时间太迟，山野上盖着的，大都已消去，所以没有什么动人之处。现在我要细述的，是第二次的重游呢。

那天是一月廿四日。因为在床上感到意外冰冷之故，清晨初醒来时，我便推知昨宵是下了雪。果然，当我打开房门一看时，对面房屋的瓦上全变成白色了，天井中一株木樨花的枝叶上，也粘缀着一小堆一小堆的白粉。详细地看去，觉得比日前两三回所下的都来得大些，因为以前的，虽然也铺盖了屋顶，但有些瓦沟上却仍然是黑色。这天却一色地白着，绝少铺不匀的地方了。并且都厚厚的，约莫有一两寸高的程度。日前的雪，虽然铺满了屋顶，但于木樨花树，却好像全无关系似的，这回它可不免受影响了。这也是雪落得比较大些的明证。

老李照例是起得很迟的。有时我上了两课下来，才看见他在房里穿衣服，预备上办公厅去。这天，我起来跑到他的房里，把他叫醒之后，他犹带着几分睡意地问我道："老钟，今天外面有没有下雪？"我回答他说："不但有呢，并且颇大。"他起初怀疑着，直待我把窗内的白布幔拉开，让他望见了屋顶才肯相信。"老钟，我们今天到灵隐去耍子吧？"他很高兴地说。我"哼"地应了一声，便回到自己的房里来了。

我们在校门上车时，大约已九点钟了，时小雨霏霏，冷风拂人如泼水。从车帘两旁缺处望出去：路旁高起之地，和所有一切高低不平的屋顶，都撒着白面粉似的，又如铺陈着新打好的棉被一般。街上的已经大半变成雪泥，车子在上面碾过，不绝地发生唧唧的声音，与车轮转动时摩擦着中间横木的音响相杂。

我们到了湖滨，便换登汽车。往时这条路线的搭客是相当热闹的，现在却很零落了。同车的不到十个人，为遨游而来的客人还怕没有一半。当车驶过白堤时，我们向车外眺望内外湖风景，但见一片迷蒙的水汽弥漫着，对面的山峰，只有一个几乎辨不清楚的薄影。葛岭、宝石山这边，因为距离比较密迩的缘故，山上的积雪和树木，大略可以看得出来；但地位较高的保俶塔，便陷于朦胧中了。到西泠桥前近时，再回望湖中，见湖心亭四围枯秃的树干，好似怯寒般地在那里呆立着，我不禁联想起《陶庵梦忆》中一段情词幽逸的文字来：

崇祯五年十二月，余住西湖。大雪三日，湖中人鸟声俱绝，是日更定矣，余挐一小舟，拥毳衣炉火，独往湖心亭看雪，雾凇沆砀，天与云、与山、与水，上下一白，湖上影子，唯长堤一痕，湖心亭一点，与余舟一芥，舟中人两三粒而已。到亭上有两人铺毡对坐，一童子烧酒，炉正沸，见余大喜，曰："湖中焉得更有此人！"拉余同饮，余强饮三大白而别。问其姓氏，是金陵人，客此。及下船，舟子喃喃曰："莫说相公痴，更有痴似相公者！"（《湖心亭看雪》）

　　心想这时不知湖心亭上，尚有此种痴人否？车过西泠桥以后，车暂驶行于两边山岭林木连接着的野道中。所有的山上，都堆积着很厚的雪块，虽然不能如瓦屋上那样铺填得均匀普遍，那一片片清白的光彩，却尽够使我感到宇宙的清寒、壮旷与纯洁！常绿树的枝叶上所堆着的雪，和枯树上的很有差别。前者因为有叶子衬托着之故，雪片特别堆积得大块点，远远望去，如开满了白的山茶花，或吾乡的水锦花。后者，则只有一小小块的雪片能够在上面粘着不堕落下去，与刚著花的梅李树绝地相似。实在，我初头儿乎把那些近在路旁的几株错认了。野上半黄或全赤了的枯草，多压在两三寸厚的雪褥下面；有些枝条软弱的树，也被压抑得欹欹倒倒的。路上行人很稀少。道旁农人的屋里，时见有衣饰破旧而笨重的老人、童子，在围着火炉取暖。看了那种古朴清贫的情况，仿佛令我暂时忘怀了我们所处时代的纷扰、繁遽了。

到了灵隐山门，我们便下车了。一走进去，空气怪清冷的，不但没有游客，往时那些卖念珠、古钱、天竺筷子的小贩子也不见了。石道上铺积着颇深的雪泥。飞来峰疏疏落落地着了许多雪块，清冷亭及其他建筑物的顶面，一例地密盖着纯白色的毡毯。一个拍照的，当我们刚进门时，便紧紧地跟在后面，因为老李的高兴，我们便在清冷亭旁照了两个影。

好奇心打动着我，使我感觉到眼前所看到的之不满足，而想更向处境较幽深的韬光庵去。我幽悄地尽移着步向前走，老李也不声张地跟着我。从灵隐寺到韬光庵的这条山径，实际上虽不见怎样的长，但颇深曲而饶于风致。这里的雪，要比城中和湖上各处都大些，在径上的雪块，大约有半尺来厚，两旁树上的积雪，也比来路上所见的浓重。曾来游玩过的人，该不会忘记的吧，这条路上两旁是怎样的繁植着高高的绿竹。这时，竹枝和竹叶上，大都着满了雪，向下低低地垂着。《四时幽赏录》山窗听雪敲竹条云："飞雪有声，唯在竹间最雅。山窗寒夜，时听雪洒竹林，淅沥萧萧，连翩瑟瑟，声韵悠然，逸我清听。忽尔回风交急，折竹一声，使我寒毡增冷。"这种风味，我们是没有福分消受的。

在冬天，本来是游客冷落的时候，何况这样雨雪清冷的日子呢？所以当我们跑到庵里时，别的游客一个都没有，——这在我们上山时看山径上的足迹便可以晓得的——而僧人的眼色里，并且也有一种觉得怪异的表示。我们一直跑上最后的观海亭。那里石阶上下都厚厚地堆满了水沫似的雪，亭前的树上，雪着得很重，在雪的下层并结了冰块。旁边有几株山茶花，正在艳开着粉红色的花朵。那花朵有些堕下来的，半掩在雪花里，红白相映，色彩灿然，使我们感到华而不俗，清而不寒；因而联忆起那"天寒翠袖薄，日暮倚修竹"的佳人来。

登上这亭，在平日是可以近瞰西湖，远望浙江，甚而至于那浩茫的沧海的。可是此刻却不能了。离庵不远的山岭、僧房、竹树，尚勉强可见，稍远则封锁在茫漠的烟雾里了。

> 空斋蹋壁卧，忽梦溪山好。
>
> 朝骑秃尾驴，来寻雪中道。
>
> 石壁引孤松，长空没飞鸟。
>
> 不见远山横，寒烟起林杪。
>
> （《雪中登黄山》）

我倚着亭柱，默默地在咀嚼着渔洋这首五言诗的清妙；尤其是结尾两句，更道破了雪景的三昧。但说不定许多没有经验的人，要妄笑它是无味的诗句呢。文艺的真赏鉴，本来是件不容易的事！

本来拟在僧房里吃素面的，不知为什么，竟跑到山门前的酒楼喝酒了。老李不能多喝,我一个人也就无多兴致干杯了。在那里,我把在山径上带下来的一团冷雪,放进在酒杯里混着喝。堂倌看了说:"这是顶上的冰淇淋呢。"

半因为等不到汽车,半因为想多玩一点雪景,我们决意步行到岳坟才叫划子去游湖。一路上,虽然走的是来时汽车经过的故道,但在徒步观赏中,不免觉得更有情味了。我们的革履,踏着一两寸厚的雪泥前进,频频地发出一种清脆的声音。有时路旁树枝上的雪片,忽然丢了下来,着在我们的外套上,正前人所谓"玉堕冰柯,沾衣生湿"的情景。我迟回着我的步履,旷展着我的视域,油然有一派浓重而灵秘的诗情,浮上我的心头来,使我幽然意远,漠然神凝。郑綮对人说他的诗思,在灞桥风雪中,驴背上,真是懂得冷趣的说法。

当我们在岳王庙前登舟时,雪又纷纷地下起来了。湖里除了我们的一只小划子以外,再看不到别的舟楫。平湖漠漠,一切都沉默无哗。舟穿过西泠桥,缓泛里西湖中,孤山和对面诸山及上下的楼亭房屋,都白了头,在风雪中兀立着。山径上,望不见一个人影;湖面连水鸟都没有踪迹,只有乱飘的雪花堕下时,微起些涟漪而已。柳宗元诗云:"千山飞鸟绝,万径人踪灭。孤舟蓑笠翁,独钓寒江雪。"我想这时如果有一个渔翁在垂钓,它很可以借来说明眼前的景物呢。

舟将驶近断桥的时候,雪花飞飘得更其凌乱,我们向北一面的外套,差不多大半白而且湿了。风也似乎吹得格外紧劲些,我的脸不能向它吹来的方向望去。因为革履渗进了雪水的缘故，双足尤冰冻得难忍。这时，从来不多开过口的舟子，忽然问我们道："你们觉得此处比较寒冷么？"我们问他什么缘故，据说是宝石山一带的雪山风吹过来的原因。我于是默默地兴想到智识的范围和它的获得等重大的问题上去了。

我们到湖滨登岸时，已是下午三点多钟了。公园中各处都堆满了雪，有些已经变成了泥泞，除了极少数在等生意的舟子和别的苦力之外，平日朝夕在此间舒舒地来往着的少男少女，老爷太太，此时大都密藏在"销金帐中，低斟浅酌，饮羊羔美酒"，——至少也靠在腾着红焰的火炉旁，陪伴家人或挚友，无忧虑地在大谈其闲天。——以享乐着他们"幸福"的时光，再不愿来这风狂雪乱的水涯，消受贫穷人所惯受的寒冷了！……

——一九二九年一月末日写成

（选自《西湖漫拾》，北新书局，1929年版）

西湖船

丰子恺

二十年来，西湖船的形式变了四次。我小时在杭州读书，曾经傍着西湖住过五年。毕业后供职上海，春秋佳日也常来游。现在蛰居家乡，离杭很近，更常到杭州小住。因此我亲眼看见西湖船的逐渐变形。每次坐到船里，必有一番感想。但每次上了岸就忘记，不再提起。今天又坐了西湖船回来，心绪殊恶，就拿起笔来，把感想记录一下。西湖船的形式，二十年来变了四次，但是愈变愈坏。

西湖船的基本形式，是有白篷的两头尖的扁舟。这至今还是不变。常变的是船舱里的客人的座位。二十年前，西湖船的座位是一条藤穿的长方形木框。背后有同样藤穿的长方形木框，当作靠背。这些木框涂着赭黄的油漆，与船身为同色或同类色，分明地表出它是这船的装置的一部分。木框上的藤，穿成冰梅花纹样。每一小孔都通风，一望而知为软软的坐垫与靠背，因此坐下去心地是很好的。靠背对坐垫的角度，比九十度稍大——大约一百度。既不像旧式厅堂上的太师椅子那么竖得笔直，使人坐了腰痛；也不像醉翁椅那么放得平坦，使人坐了起不身来。靠背的木框，像括弧般微微向内弯曲，恰好切合坐者的背部的曲线。因此坐下去身体是很舒服的。原来游玩这件事体，说它近于旅行，又不愿像旅行那么肯吃苦；说它类似休养，又不愿像休养那么贪懒惰。故西湖船的原始的（姑且以我所见为主，假定二十年前的为原始的）形式，我认为是最合格的游船形式。倘然座位再简陋，换了木板条，游人坐下去就嫌太吃力；倘然座位再舒服，索性换了醉翁椅，游人躺下去又嫌太萎靡，不适于观赏山水了。只有那种藤穿的木框，使游人坐下去软软的，靠上去又软软的，而身体姿势又像坐在普通凳子上一般，可以自由转侧，可以左顾右盼。何况它们的形状、质料与颜色，又与船的全部十分调和，先给游人以恰好的心情呢！二十年前，当我正在求学的时候，西湖里的船统是这种形式的。早春晚秋，船价很便宜，学生的经济力也颇能胜任。每逢星期日，出二四毛钱雇一只船，载着二三同学，数册书，一壶茶，几包花生米，与几个馒头，便可优游湖中，尽一日之长。尤其是那时候的摇船人，生活很充裕，样子很写意，一面打桨，一面还有心情对我们闲谈自己的家庭、西湖的掌故，以及种种笑话。此情此景，现在回想了不但可以神往，还可以凭着追忆而写几幅画，吟几首诗呢。因为那种船的座位好，坐船人的姿势也好；摇船人写意，坐船人更加写意；随时随地可以吟诗入画。"野航恰受两三人"。"恰受"两字的状态，在这种船上最充分地表出着。

我离杭后，某年春，到杭游西湖，忽然发现有许多船的座位变了形式。藤式木框被撤去，改用了长的藤椅子，后面也有靠背，两旁又有靠手，不过全体是藤编的。这种藤椅子，坐的地方比以前的加阔，靠背也比以前的加高，坐上去固然比以前舒服。但在形式上，殊不及以前的好看。为了船身全是木的，椅子全是藤的，二者配合不甚调和。在人家屋里，木的几桌旁边也常配着藤椅子，并不觉得很不调和。这是屋与船情形不同之故。屋的场面大，其所要求的统一不甚严格。船的局面小，一望在目，全体浑成一个单位。其形式与质料，当然要求严格地统一。故在广大的房间里，木的几桌旁边放了藤椅子，不觉得十分异样；但在小小的一叶扁舟中放了藤椅，望去似觉这是临时暂置性质的东西，对于船身毫无有机的关系。此外还有一种更大的不快：摇船人为了这两张藤椅子的设备费浩大，常向游客诉苦，希望多给船钱。有的自己告白：为了同业竞争得厉害，不得已，当了衣物置备这两只藤椅的。我们回头一看，见他果然穿一件破旧的夹衣，当着料峭的东风，坐在船头上很狭窄的尖角里，为了我们的悦目赏心而劳动着。我们的衣服与他的衣服，我们的座位与他的座位，我们的生活与他的生活，同在一叶扁舟之中，相距咫尺之间，两两对比之下，怎不令人心情不快？即使我们力能多给他船钱，这种不快已在游湖时生受了。当时我想：这种藤椅虽然表面光洁平广，使游客的身体感到舒服；但其质料形式缺乏统一性，使游客的眼睛感到不舒服；其来源由于营业竞争的压迫，使游客的心情感到更大的不快。得不偿失，西湖船从此变坏了！

其后某年春，我又到杭州游西湖。忽然看见许多西湖船的座位，又变了形式。前此的长藤椅已被撤去，改用了躺藤椅，其表面就同普通人家最常见的躺藤椅一样。这变化比以前又进一步，即不但全变了椅的质料，又全变了椅的角度。坐船的人若想靠背，须得仰躺下来，把眼睛看着船篷。船篷看厌了，或是想同对面的人谈谈，须得两臂使个劲道，支撑起来，四周悬空地危坐着，让藤靠背像尾巴一般拖在后面。这料想是船家营业竞争愈趋厉害，于是苦心窥察游客贪舒服的心理而创制的。他们看见游湖来的富绅、贵客、公子、小姐，大都脚不着地，手不着物，一味贪图安逸。他们为营生起见，就委曲迎合这种游客的心理，索性在船里放两把躺藤椅，让他们在湖面上躺来躺去，像浮尸一般。我在这里看见了世纪末的痼疾的影迹：十九世纪末的颓废主义的精神，得了近代科学与物质文明的助力，在所谓文明人之间长养了一种贪闲好逸的风习。起居饮食器用什物，处处力求便利；名曰增加工作能率，暗中难免汩没了耐劳习苦的美德，而助长了贪闲好逸的恶习。西湖上自从那种用躺藤椅的游船出现之后，不拘它们在游湖的实用上何等不适宜，在游船的形式上何等不美观，世间自有许多人欢迎它们，使它们风行一时。这不是颓废精神的遗毒所使然么？正当的游玩，是辛苦的慰安，是工作的预备。这绝不是放逸，更不是养病。但那种西湖船载了仰天躺着的游客而来，我初见时认真当作载来的是一船病人呢。

最近某年春，我又到杭州游西湖，忽然看见许多西湖船的座位又变了形式。前此的躺藤椅已被撤去，改用了沙发。厚得"木老老"的两块弹簧垫，有的装着雪白的或淡黄的布套；有的装着紫酱色的皮，皮面上画着斜方形的格子，好像头等火车中的座位。沙发这种东西，不必真坐，看看已够舒服之至了。但在健康人，也许真坐不及看的舒服。它那脸皮半软半硬，对人迎合得十分周到，体贴得无微不至，有时使人肉麻。它那些弹簧能屈能伸，似抵抗又不抵抗，有时使人难过。这又好似一个陷阱，翻了进去一时爬不起来。故我只有十分疲劳或者生病的时候，懂得沙发的好处；若在健康时，我常觉得看别人坐比自己坐更舒服。但西湖船里装沙发，情形就与室内不同。在实用上说，当然是舒服的：坐上去感觉很温软，与西湖春景给人的感觉相一致。靠背的角度又不像躺藤椅那么大，坐着闲看闲谈也很自然。然而倘把西湖船当作一件工艺品而审察它的形式，这配合就不免唐突。因为这些船身还是旧式的，还是二十年前装藤穿木框的船身，只有座位的部分奇迹地换了新式的弹簧坐垫，使人看了发生"时代错误"之感。若以弹簧坐垫为标准，则船身的形式应该还要造得精密，材料应该还要选得细致，油漆应该还要配得美观，船篷应该还要张得整齐，摇船人的脸孔应该还要有血气，不应该如此憔悴；摇船人的衣服应该还要楚楚，不应该教他穿得像叫花子一般褴褛。我今天就坐了这样的一只西湖船回来，在船中起了上述的种种感想，上岸后不能忘却。现在就把它们记录在这里。总之西湖船的形式，二十年来，变了四次。但是愈变愈坏，变坏的主要原因，是游客的座位愈变愈舒服，愈变愈奢华；而船身愈变愈旧，摇船人的脸孔愈变愈憔悴，摇船人的衣服愈变愈褴褛。因此形成了许多不调和的可悲的现象，点缀在西湖的骀荡春光之下，明山秀水之中。

一九三六年二月二十七日作

（选自《丰子恺散文选集》，上海文艺出版社，1981年版）

巷
——龙山杂记之一

柯　灵

　　巷，是城市建筑艺术中一篇飘逸恬静的散文，一幅古雅冲淡的图画。

　　这种巷，常在江南的小城市中，有如古代的少女，躲在僻静的深闺，轻易不肯抛头露面。你要在这种城市里住久了，和它真正成了莫逆，你才有机会看见它，接触到它幽娴贞静的风度。它不是乡村的陋巷，湫隘破败，泥泞坎坷，杂草乱生，两旁还排列着错落的粪缸。它也不是上海的里弄，鳞次栉比的人家，拥挤得喘不过气；小贩憧憧来往，黝黯的小门边，不时走出一些趿着拖鞋的女子，头发乱似临风飞舞的秋蓬，眼睛里网满红丝，脸上残留着不调和的隔夜脂粉，颓然地走到老虎灶上去提水。也不像北地的胡同，满目尘土，风起处刮着弥天的黄沙。

这种小巷，隔绝了市廛的红尘，却又不是乡村风味。它又深又长，一个人耐心静静走去，要老半天才走完。它又这么曲折，你望着前面，好像已经堵塞了，可是走了过去，一转弯，依然是巷陌深深，而且更加幽静。那里常是寂寂的，寂寂的，不论什么时候，你向巷中踅去，都如宁静的黄昏，可以清晰地听到自己的足音。不高不矮的围墙挡在两边，斑斑驳驳的苔痕，墙上挂着一串串苍翠欲滴的藤萝，简直像古朴的屏风。墙里常是人家的竹园，修竹森森，天籁细细；春来时还常有几枝娇艳的桃花杏花，娉娉婷婷，从墙头殷勤地摇曳红袖，向行人招手。走过几家墙门，那是紧紧地关着，不见一个人影，因为那都是人家的后门。偶然躺着一只狗，但是绝不会对你猜猜地狂吠。

小巷的动人处就是它无比的悠闲。无论谁，只要你到巷里去踯躅一会，你的心情就会如巷尾不波的古井，那是一种和平的静穆，而不是阴森和肃杀。它闹中取静，别有天地，仍是人间。它可能是一条现代的乌衣巷，家家有自己的一本哀乐账，一部兴衰史，可是重门叠户，讳莫如深，夕阳影里，野草闲花，燕子低飞，寻觅旧家。只是一片澄明如水的气氛，净化一切，笼罩一切，使人忘忧。

你是否觉得劳生草草，身心两乏？我劝你工余之暇，常到小巷里走走，那是最好的将息，会使你消除疲劳，紧张的心弦得到调整。你如果有时情绪烦躁，心境悒郁，我劝你到小巷里负手行吟一阵，你一定会豁然开朗，怡然自得，物我两忘。你有爱人吗？我建议不要带了她去什么名园胜境，还是利用晨昏时节，到深巷中散散步。在那里，你们俩可以随意谈天，心贴得更近，在街上那种贪婪的睨视，恶意的斜觑，巷里是没有的；偶然呀的一声，墙门口显现出一个人影，又往往是深居简出的姑娘，看见你们，会娇羞地返身回避了。

巷，是人海汹汹中的一道避风塘，给人带来安全感；是城市喧嚣扰攘中的一带洞天幽境，胜似皇家的阁道，便于平常百姓徘徊徜徉。

爱逐臭争利，锱铢必较的，请到长街闹市去；爱轻嘴薄舌，争是论非的，请到茶馆酒楼去；爱锣鼓钲铛，管弦嗷嘈的，请到歌台剧院去；爱宁静淡泊，沉思默想的，深深的小巷在欢迎你！

一九三〇年秋

（选自《柯灵散文选》，人民文学出版社，1983年版）

饮食男女在福州

郁达夫

福州的食品，向来就很为外省人所赏识；前十余年在北平，说起私家的厨子，我们总同声一致地赞成刘崧生先生和林宗孟先生家里的蔬菜的可口。当时宣武门外的忠信堂正在流行，而这忠信堂的主人，就系旧日刘家的厨子，曾经做过清室的御厨房的。上海的小有天以及现在早已歇业了的消闲别墅，在粤菜还没有征服上海之先，也曾盛行过一时。面食里的伊府面，听说还是汀州伊墨卿太守的创作；太守住扬州日久，与袁子才也时相往来，可惜他没有像随园老人那么的好事，留下一本食谱来，教给我们以烹调之法；否则，这一个福建萨伐郎（Savarin）的荣誉，也早就可以驰名海外了。

福建菜的所以会这样著名，而实际上却也实在是丰盛不过的原因，第一，当然是由于天然物产的富足。福建全省，东南并海，西北多山，所以山珍海味，一例的都贱如泥沙。听说沿海的居民，不必忧虑饥饿，大海潮回，只消上海滨去走走，就可以拾一篮海货来充作食品。又加以地气温暖，土质腴厚，森林蔬菜，随处都可以培植，随时都可以采撷。一年四季，笋类菜类，常是不断；野菜的味道，吃起来又比别处的来得鲜甜。福建既有了这样丰富的天产，再加上以在外省各地游宦营商者的数目的众多，作料采从本地，烹制学自外方，五味调和，百珍并列，于是乎闽菜之名，就宣传在饕餮家的口上了。清初周亮工著的《闽小纪》两卷，记述食品处独多，按理原也是应该的。

福州海味，在春三二月间，最流行而最肥美的，要算来自长乐的蚌肉，与海滨一带多有的蛎房。《闽小纪》里所说的西施舌，不知是否指蚌肉而言；色白而腴，味脆且鲜，以鸡汤煮得适宜，长圆的蚌肉，实在是色香味俱佳的神品。听说从前有一位海军当局者，老母病剧，颇思乡味；远在千里外，欲得一蚌肉，以解死前一刻的渴慕，部长纯孝，就以飞机运蚌肉至都。从这一件逸事看来，也可想见这蚌肉的风味了；我这一回赶上福州，正及蚌肉上市的时候，所以红烧白煮，吃尽了几百个蚌，总算也是此生的豪举，特笔记此，聊志口福。

蛎房并不是福州独有的特产，但福建的蛎房，却比江浙沿海一带所产的，特别的肥嫩清洁。正二三月间，沿路的摊头店里，到处都堆满着这淡蓝色的水包肉；价钱的廉，味道的鲜，比到东坡在岭南所贪食的蚝，当然只会得超过。可惜苏公不曾到闽海去谪居，否则，阳羡之田，可以不买，苏氏子孙，或将永寓在三山二塔之下，也说不定。福州人叫蛎房作"地衣"，略带"挨"字的尾声，写起字来，我想只有"蚔"字，可以当得。

在清初的时候，江瑶柱似乎还没有现在那么的通行，所以周亮工再三地称道，誉有逸品。在目下的福州，江瑶柱却并没有人提起了，鱼翅席上，缺少不得的，倒是一种类似宁波横脚蟹的蟳蟹，福州人叫作"新恩"，《闽小纪》里所说的虎蟳，大约就是此物。据福州人说，蟳肉最滋补，也最容易消化，所以产妇病人以及体弱的人，往往爱吃。但由对蟹类素无好感的我看来，却仍赞成周亮工之言，终觉得质粗味劣，远不及蚌与蛎房或香螺的来得干脆。

福州海味的种类，除上述的三种以外，原也很多很多；但是别地方也有，我们平常在上海也常常吃得到的东西，记下来也没有什么价值，所以不说。至于与海错相对的山珍哩，却更是可以干制，可以输出的东西，益发地没有记述的必要了，所以在这里只想说一说叫作肉燕的那一种奇异的包皮。

初到福州，打从大街小巷里走过，看见好些店家，都有一个大砧头摆在店中；一两位壮强的男子，拿了木锥，只在对着砧上的一大块猪肉，一下一下地死劲地敲。把猪肉这样地乱敲乱打，究竟算什么回事？我每次看见，总觉得奇怪；后来向福州的朋友一打听，才知道这就是制肉燕的原料了。所谓肉燕者，就是将猪肉打得粉烂，和入面粉，然后再制成皮子，如包馄饨的外皮一样，用以包制菜蔬的东西。听说这物事在福建，也只是福州独有的特产。

福州食品的味道，大抵重糖；有几家真正福州馆子里烧出来的鸡鸭四件，简直是同蜜饯的罐头一样，不杂入一粒盐花。因此福州人的牙齿，十人九坏。有一次去看三赛乐的闽剧，看见台上演戏的人，个个都是满口金黄；回头更向左右的观众一看，妇女子的嘴里也大半镶着全副的金色牙齿。于是天黄黄，地黄黄，弄得我这一向就痛恨金牙齿的偏执狂者，几乎想放声大哭，以为福州人故意在和我捣乱。

将这些脱嫌糖重的食味除起，若论到酒，则福州的那一种土黄酒，也还勉强可以喝得。周亮工所记的玉带春、梨花白、蓝家酒、碧霞酒、莲须白、河清、双夹、西施红、状元红等，我都不曾喝过，所以不敢品评。只有会城各处在卖的鸡老（酪）酒，颜色却和绍酒一样地红似琥珀，味道略苦，喝多了觉得头痛。听说这是以一生鸡，悬之酒中，等鸡肉鸡骨都化了后，然后开坛饮用的酒，自然也是越陈越好。福州酒店外面，都写"酒库"两字，发卖叫发扛，也是新奇得很的名称。以红糖酿的甜酒，味道有点像上海的甜白酒，不过颜色桃红，当是西施红等名目出处的由来。莆田的荔枝酒，颜色深红带黑，味甘甜如西班牙的宝德红葡萄，虽则名贵，但我却终不喜欢。福州一般宴客，喝的总还是绍兴花雕，价钱极贵，斤量又不足，而酒味也淡似沪杭各地，我觉得建庄终究不及京庄。

福州的水果花木，终年不断；橙柑、福橘、佛手、荔枝、龙眼、甘蔗、香蕉，以及茉莉、兰花、橄榄等，都是全国闻名的品物；好事者且各有谱牒之著，我在这里，自然可以不说。

闽茶半出武夷，就是不是武夷之产，也往往借这名山为号召。铁罗汉、铁观音的两种，为茶中柳下惠，非红非绿，略带赭色；酒醉之后，喝它三杯两盏，头脑倒真能清醒一下。其他若龙团玉乳，大约名目总也不少，我不恋茶娇，终是俗客，深恐品评失当，贻笑大方，在这里只好轻轻放过。

从《闽小纪》中的记载看来，番薯似乎还是福建人开始从南洋运来的代食品；其后因种植的便利，食味的甘美，就流传到内地去了；这植物传播到中国来的时代，只在三百年前，是明末清初的时候，因亮工所记如此，不晓得究竟是否确实。不过福建的米麦，向来就说不足，现在也须仰给于外省，但田稻倒又可以一年两植。而福州正式的酒席，大抵总不吃饭散场，因为菜太丰盛了，吃到后来，总已个个饱满，用不着再以饭颗来充腹之故。

饮食处的有名处所，城内为树春园、南轩、河上酒家、可然亭等。味和小吃，亦佳且廉；仓前的鸭面，南门兜的素菜与牛肉馆，鼓楼西的水饺子铺，都是各有长处的小吃处；久吃了自然不对，偶尔去一试，倒也别有风味。城外在南台的西菜馆，有嘉宾、西宴台、法大、西来，以及前临闽江，内设戏台的广聚楼等。洪山桥畔的义心楼，以吃形同比目鱼的贴沙鱼著名；仑前山的快乐林，以吃小盘西洋菜见称，这些当然又是菜馆中的别调。至如我所寄寓的青年会食堂，地方精洁宽广，中西菜也可以吃吃，只是不同耶稣的飨宴十二门徒一样，不许顾客醉饮葡萄酒浆，所以正式请客，大感不便。

此外则福建特有的温泉浴场，如汤门外的百合、福龙泉，飞机场的乐天泉等，也备有饮馔供客；浴客往往在这些浴场里可以鬼混一天，不必出外去买酒买食，却也便利。从前听说更可以在个人池内男女同浴，则饮食男女，就不必分求，一举竟可以两得了。

要说福州的女子，先得说一说福建的人种。大约福建土著的最初老百姓，为南洋近边的海岛人种；所以面貌习俗，与日本的九州一带，有点相像。其后汉族南下，与这些土人杂婚，就成了无诸种族，系在春秋战国，吴越争霸之后。到得唐朝，大兵入境；相传当时曾杀尽了福建的男子，只留下女人，以配光身的兵士；故而直至现在，福州人还呼丈夫为"唐晡人"，晡者系日暮袭来的意思，同时女人的"诸娘仔"之名，也出来了。还有现在东门外北门外的许多工女农妇，头上仍戴着三把银刀似的簪为发饰，俗称他们作三把刀，据说犹是当时的遗制。因为她们的父亲丈夫儿子，都被外来的征服者杀了；她们誓死不肯从敌，故而时时带着三把刀在身边，预备复仇。只今台湾的福建籍妓女，听说也是一样；亡国到了现在，也已经有好多年了，而她们却仍不肯与日本的嫖客同宿。若有人破此旧习，而与日本嫖客同宿一宵者，同人中就视作禽兽，耻不与伍，这又是多么悲壮的一幕惨剧！谁说犹唱后庭花处，商女都不知家国的兴亡哩！试看汉奸到处卖国，而妓女乃不肯辱身，其间相去，又岂止泾渭的不同？这一种古代的人种，与唐人杂婚之后，一部分不完全唐化，仍保留着他们固有的生活习惯，宗教仪式的，就是现在仍旧退居在北门外万山深处的畲民。此外的一族，以水上为家，明清以后，一向被视为贱民，不时受汉人的蹂躏的，相传其祖先系蒙古人，自元亡后，遂贬为蜑户，俗呼科蹄。科蹄实为曲蹄之别音，因他们常常屈膝盘坐在船舱之内，两脚弯曲，故有此称。串通倭寇，骚扰沿海一带的居民，古时在泉州叫作泉郎的，就是这一种人种的旁支。

因为福州人种的血统，有这种种的沿革，所以福建人的面貌，和一般中原的汉族，有点两样。大致广颡深眼，鼻子与颧骨高突，两颊深陷成窝，下颚部也稍稍尖凸向前。这一种面相，生在男人的身上，倒也并不觉得特别；但一生在女人的身上，高突部为嫩白的皮肉所调和，看起来却个个都是线条刻画分明，像是希腊古代的雕塑人形了。福州女子的另一特点，在她们的皮色的细白。生长在深闺中的宦家小姐，不见天日，白腻原也应该；最奇怪的，却是那些住在城外的工农佣妇，也一例地有着那种嫩白微红，像刚施过脂粉似的皮肤。大约日夕灌溉的温泉浴是一种关系，吃的闽江江水，总也是一种关系。

我们从前没有居住过福建，心目中总只以为福建人种，是一种蛮族。后来到了那里，和他们的文化一接触，才晓得他们虽则开化得较迟，但进步得却很快；又因为东南是海港的关系，中西文化的交流，也比中原僻地为频繁，所以闽南的有些都市，简直繁华摩登得可以同上海来争甲乙。及至观察稍深，一移目到了福州的女性，更觉得她们的美的水准，比苏杭的女子要高好几倍；而装饰的入时，身体的康健，比到苏州的小型女子，又得高强数倍都不止。

"天生丽质难自弃"，表露欲，装饰欲，原是女性的特嗜；而福州女子所有的这一种显示本能，似乎比什么地方的人还要强一点。因而天晴气爽，或岁时伏腊，有迎神赛会的关头，南大街，仓前山一带，完全是美妇人披露的画廊。眼睛个个是灵敏深黑的，鼻梁个个是细长高突的，皮肤个个是柔嫩雪白的；此外还要加上以最摩登的衣饰，与来自巴黎纽约的化妆品的香雾与红霞，你说这幅福州晴天午后的全景，美丽不美丽？迷人不迷人？

亦唯因此之故，所以也影响到了社会，影响到了风俗。国民经济破产，是全国到处都一样的事实；而这些妇女子们，又大半是不生产的中流以下的阶级。衣食不足，礼义廉耻之凋伤，原是自然的结果，故而在福州住不上几月，就时时有暗娼流行的风说，传到耳边上来。都市集中人口以后，这实在也是一种不可避免而亟待解决的社会大问题。

说及了娼妓，自然不得不说一说福州的官娼。从前邵武诗人张亨甫，曾著过一部《南浦秋波录》，是专记南台一带的烟花韵事的；现在世业凋零，景气全落，这些乐户人家，完全没有旧日的豪奢影子了。福州最上流的官娼，叫作白面处，是同上海的长三一样的款式。听几位久住福州的朋友说，白面处近来门可罗雀，早已掉在没落的深渊里了；其次还勉强在维持市面的，是以卖嘴不卖身为标榜的清唱堂，无论何人，只需花三元法币，就能进去听三出戏。就是这一时号称极盛的清唱堂，现在也一家一家地废了业，只剩了田墩的三五家人家。自此以下，则完全是惨无人道的下等娼妓，与野鸡款式的无名密贩了，数目之多，求售之切，到了骇人听闻的地步。至于城内的暗娼、包月妇、零售处之类，只听见公安维持者等谈起过几次，报纸上见到过许多回，内容虽则无从调查，但演绎起来，旁证以社会的萧条、产业的不振、国步的艰难，与夫人口的过剩，总也不难举一反三，晓得她们的大概。

总之，福州的饮食男女，虽比别处稍觉得奢侈，而福州的社会状态，比别处也并不见得十分的堕落。说到两性的纵弛，人欲的横流，则与风土气候有关，次热带的境内，自然要比温带寒带为剧烈。而食品的丰富，女子一般姣美与健康，却是我们不曾到过福建的人所意想不到的发现。

一九三六年六月二日

（选自1936年7月5日《逸经》第9期）

花城

秦　牧

一年一度的广州年宵花市，素来脍炙人口。这些年常常有人从北方不远千里而来，瞧一瞧南国花市的盛况。还常常可以见到好些国际友人，也陶醉在这东方的节日情调中，和中国朋友一起选购着鲜花。往年的花市已经够盛大了，今年这个花海又涌起了一个新的高潮。因为农村人民公社化以后，花木的生产增加了，今年春节又是城市人民公社化之后的第一个春节，广州去年有累万的家庭妇女和街坊居民投入了生产和其他的劳动队伍。加上今年党和政府进一步安排群众的节日生活，花木供应空前多了，买花的人也空前多了，除原来的几个年宵花市之外，又开辟了新的花市。如果把几个花市的长度累加起来，"十里花街"恐怕是名不虚传了。在花市开始以前，站在珠江岸上眺望那条浩浩荡荡、作为全省三十六条内河航道枢纽的珠江，但见在各式各样的楼船汽轮当中，还错杂着一艘艘载满鲜花盆栽的木船，它们来自顺德、高要、清远、四会等县，载来了南国初春的气息和农民群众的心意。"多好多美的花！""今年花的品种可多啦！"江岸上的人们不禁啧啧称赏。广州有个文化公园，园里今年也布置了一个大规模的"迎春花会"，花匠们用鲜艳的盆花堆砌出"江山如此多娇"的大花字，除了各种色彩缤纷的名花瓜果外，还陈列着一株花朵灼灼、树冠直径达一丈许的大桃树。这一切，都显示出今年广州的花市是不平常的。

人们常常有这么一种体验：碰到热闹和奇特的场面，心里面就像被一根鹅羽撩拨着似的，有一种痒痒麻麻的感觉。总想把自己所看到和感受的一切形容出来。对于广州的年宵花市，我就常常有这样的冲动。虽然过去我已经描述过它们了，但是今年，徜徉在这个特别巨大的花海中，我又涌起这样的欲望了。

农历过年的各种风习，是我们民族在几千年的历史中形成的。我们现在有些过年风俗，一直可以追溯到一两千年前的史迹中去。这一切，是和许多的历史故事、民间传说、巧匠绝技和群众的美学观念密切联系起来的。在中国的年节中，有的是要踏青的，有的是要划船的，有的是要赏月的……这和外国的什么点灯节、泼水节一样，都各各有它们的生活意义和诗情画意。过年的时候，一向我们各地的花样可多啦：贴春联、挂年画、耍狮子、玩龙灯、跑旱船、放花炮……人人穿上整洁衣服，头面一新，男人都理了发，妇女都修整了辫髻，大姑娘还扎上了花饰。那"糖瓜祭灶，新年来到，姑娘要花，小子要炮，老头儿要一顶新毡帽"的北方俗谚，多少描述了这种气氛。这难道只是欢乐欢乐，玩儿玩儿而已么？难道我们从这隆重的节日情调中不还可以领略到我们民族文化的源远流长，和千百年来人们热烈向往美好未来的心境么？在旧时代苦难的日子里，自然劳动人民不是都能欢乐地过年，但是贫苦的农户，也要设法购张年画，贴对门联；年轻的闺女也总是要在辫梢扎朵绒花，在窗棂上贴张大红剪纸，这就更足以想见无论在怎样困苦中，人们对于幸福生活的强烈的憧憬。在新的时代，农历过年中那种深刻体现旧社会烙印的习俗被革除了，赌博、酗酒，向舞龙灯的人投掷燃烧的爆竹，千奇百怪的禁忌，这一类的事情没有了，那些耍猴子的凤阳人、跑江湖扎纸花的天门人，那些摇着串上铜线的冬青树枝的乞丐，以及号称从五台山峨眉山下来化缘的行脚僧人不见了。而一些美好的习俗被发扬光大起来，一些古老的风习被赋予了崭新的内容。现在我们也燃放爆竹，但是谁想到那和"驱傩"之类的迷信有什么牵连呢！现在我们也贴春联，但是有谁想到"岁月逢春花遍地；人民有党劲冲天"，"跃马横刀，万众一心驱穷白；飞花点翠，六亿双手绣山河"之类的春联，和古代的用桃木符辟邪有什么可以相提并论之处呢！古老的节日在新时代里是充满青春的光辉了。

这正是我们热爱那些古老而又新鲜的年节风习的原因。"风生白下千林暗，雾塞苍天百卉殚"的日子过去了，大地的花卉越种越美，人们怎能不热爱这个风光旖旎的南国花市，怎能不从这个盛大的花市享受着生活的温馨呢!

而南方的人们也真会安排,他们选择年宵逛花市这个节目作为过年生活里的一个高潮。太阳的热力是厉害的,在南方最热的海南岛上,有一些像菠萝蜜之类的果树,根部也可以伸出地面结出果子来;有一些树木,锯断了用来做木桩,插在地里却又能长出嫩芽。在这样的地带,就正像昔人咏月季花的诗所说的:"花谢花开无日了,春来春去不相关。"早在春节到来之前一个月,你在郊外已经可以到处见到树上挂着一串串鲜艳的花朵了。而在年宵花市中,经过花农和园艺师们的努力,更是人工夺了天工,四时的花卉,除了夏天的荷花石榴等不能见到外,其他各种各样的花几乎都出现了。牡丹、吊钟、水仙、大丽、梅花、菊花、山茶、墨兰……春秋冬三季的鲜花都挤在一起啦!

广州今年最大的花市设在太平路,就是历史上著名的"十三行"一带,花棚有点像马戏的看棚,一层一层衔接而上。那里各个公社、园艺场、植物园的旗帜飘扬,卖花的汉子们笑着高声报价。灯色花光,一片锦绣。我约略计算了一下花的种类,今年总在一百种上下。望着那一片花海,端详着那发着香气、轻轻颤动和舒展着叶芽和花瓣的植物中的珍品,你会禁不住赞叹,人们选择和布置这么一个场面来作为迎春的高潮,真是匠心独运!那千千万万朵笑脸迎人的鲜花,仿佛正在用清脆细碎的声音在浅笑低语:"春来了!春来了!"买了花的人把花树举在头上,把盆花托在肩上,那人流仿佛又变成了一道奇特的花流。南国的人们也真懂得欣赏这些春天的使者。大伙不但欣赏花朵，还欣赏绿叶和鲜果。那像繁星似的金橘、四季橘、吉庆果之类的盆果，更是人们所欢迎的。但在这个特殊的、春节黎明即散的市集中，又仿佛一切事物都和花发生了联系。鱼摊上的金鱼，使人想起了水中的鲜花；海产摊上的贝壳和珊瑚，使人想起了海中的鲜花；至于古玩架上那些宝蓝、均红、天青、粉彩之类的瓷器和历代书画，又使人想起古代人们的巧手塑造出来的另一种永不凋谢的花朵了。

广州的花市上，吊钟、桃花、牡丹、水仙等是特别吸引人的花卉。尤其是这南方特有的吊钟，我觉得应该着重地提它一笔。这是一种先开花后发叶的多年生灌木。花蕾未开时被鳞状的厚壳包裹着，开花时鳞苞里就吊下了一个个粉红色的小钟状的花朵。通常一个鳞苞里有七八朵，也有个别多到十多朵的。听朝鲜的贵宾说，这种花在朝鲜也被认为珍品。牡丹被人誉为花王，但南国花市上的牡丹大抵光秃秃不见叶子，真是"卧丛无力含醉妆"。唯独这吊钟显示着异常旺盛的生命力，插在花瓶里不仅能够开花，还能够发叶。这些小钟儿状的花朵，一簇簇迎风摇曳，使人就像听到了大地回春的铃铃铃的钟声。

花市盘桓，令人撩起一种对自己民族生活的深厚情感。我们和这一切古老而又青春的东西异常水乳交融。就正像北京人逛厂甸、上海人逛城隍庙、苏州人逛玄妙观所获得的那种特别亲切的感受一样。看着繁花锦绣，赏着姹紫嫣红，想起这种一日之间广州忽然变成了一座"花城"，几乎全城的人都出来深夜赏花的情景，真是感到美妙。

在旧时代绵长的历史中，能够买花的只是少数的人，现在一个纺织女工从花市举一株桃花回家，一个钢铁工人买一盆金橘托在头上，已经是很平常的事情了。听着卖花和买花的劳动者互相探询春讯，笑语声喧，令人深深体味到，亿万人的欢乐才是大地上真正的欢乐。

在这个花市里，也使人想到人类改造自然威力的巨大，牡丹本来是太行山的一种荒山小树，水仙本来是我国东南沼泽地带的一种野生植物，经过千百代人们的加工培养，竟使得它们变成了"国色天香"和"凌波仙子"！在野生状态时，菊花只能开着铜钱似的小花，鸡冠花更像是狗尾草似的，但是经过花农的悉心培养，人工的世代选择，它们竟变成这样丰腴艳丽了。"天工人可代，人工天不如。"生活的真理不正是这样么！

在这个花市里，你也不禁会想到各地的劳动人民共同创造历史文明的丰功伟绩。这里有来自福建的水仙，来自山东的牡丹，来自全国各省各地的名花异卉，还有本源出自印度的大丽，出自法国的猩红玫瑰，出自马来亚的含笑，出自撒哈拉沙漠地区的许多仙人掌科植物。各方的溪涧汇成了河流，各地劳动人民的创造汇成了灿烂的文明，在这个熙熙攘攘的市集中不也让人充分感受到这一点么！

你在这里也不能不惊叹群众审美的眼力。一盆花果，群众大抵能够一致指出它们的优点和缺点。在这种品评中，我们不也可以领略到好些美学的道理么！

总之，徜徉在这个花海中，常常使你思索起来，感受到许多寻常的道理中新鲜的含义。十一年来我养成了一个癖好，年年都要到花市去挤一挤，这正是其中的一个理由了。

我们赞美英勇的斗争和艰苦的劳动，也赞美由此而获得的幸福生活。因此，花市归来，像喝酒微醉似的，我拉拉扯扯写下这么一些话。让远地的人们也来分享我们的欢乐。

一九六一年

（选自《秦牧自选集》，花城出版社，1984年版）

谢谢重庆

丰子恺

胜利前一年，民国三十三年的中秋，我住在重庆沙坪坝的"抗建式"小屋内。当夜月明如昼，我家十人团聚。我庆喜之余，饮酒大醉，没有赏月就酣睡了。次晨醒来，在枕上填一曲打油词。其词曰：

七载飘零久。喜中秋巴山客里，全家聚首。去日孩童皆长大，添得娇儿一口。都会得奉觞进酒。今夜月明人尽望，但团圞骨肉几家有？天于我，相当厚。　故园焦土蹂躏后。幸联军痛饮黄龙，快到时候。来日盟机千万架，扫荡中原暴寇。便还我河山依旧。漫卷诗书归去也，问群儿恋此山城否？言未毕，齐摇手。(《贺新凉》)

我向不填词，这首打油词，全是偶然游戏；况且后半夸口狂言，火气十足，也不过是"抗战八股"之一种而已，本来不值得提及。岂知第二年的中秋，我国果然胜利。我这夸口狂言竟成了预言。我高兴得很，三十四年八月十日后数天内，用宣纸写这首词，写了不少张，分送亲友，为胜利助喜。自己留下一张，贴在室内壁上，天天观赏。

起初看看壁上的词，读读后面一段，觉得心情痛快。后来越读越不快了。过了几个月，我把这张字条撕去，不要再看了！为什么缘故呢？因为最后几句，与事实渐渐发生冲突，使我读了觉得难以为情。

最后几句是"漫卷诗书归去也，问群儿恋此山城否？言未毕，齐摇手。"岂知胜利后数月内，那些"劫收"的丑恶，物价的飞涨，交通的困难，以及内战的消息，把胜利的欢喜消除殆尽。我不卷诗书，无法归去；而群儿都说："还是重庆好。"在这情况之下，我重读那几句词句，觉得无以为颜。我只得苦笑着说，我填错了词，应该说："言未毕，齐点首。"

做人倘全为实利打算，我是最应该不复员而长作重庆人的。因为一者，我的故乡石门湾，二十六年冬天就被敌人的炮火改成一片焦土。我的缘缘堂以及其他几间老屋和市房，全部不存，我已无家可归。而在重庆的沙坪坝，倒有自建的几间"抗建式"小屋，可避风雨。二者，我因为身体不好，没有担任公教职员，多年来闲居在重庆沙坪坝的小屋里卖画为生，没有职业的牵累，全无急急复员的必要。我在重庆，在上海，一样地是一个闲人。

何必钻进忙人里去赶热闹呢？三者，我的子女当时已有三个人成长，都在重庆当公教人员。他们没有家室，又不要担负父母的生活，所得报酬，尽可买书买物，从容自给。况且四川当局曾有布告，欢迎下江教师留渝，报酬特别优厚。为他们计，也何必辛苦地回到"人浮于事"的下江去另找饭碗呢？——从上述这三点打算，我家是最不应该复员而最应该长作重庆人的。

不知道一种什么力，终于使我厌弃重庆，而心向杭州。不知道一种什么心理，使我决然地舍弃了沙坪坝的衽席之安，而走上东归的崎岖之路。明知道今后衣食住行，要受一切的困苦；明知道此次复员，等于再逃一次难；然而大家情愿受苦，情愿逃难，拼命要回杭州。这是什么缘故？自己也不知道。想来想去，大约是"做人不能全为实利打算"的缘故吧。全为实利打算，换言之，就是只要便宜。充其极端，做人全无感情，全无意气，全无趣味，而人就变成枯燥、死板、冷酷、无情的一种动物。这就不是"生活"，而仅是一种"生存"了。古人有警句云："不为无益之事，何以遣有涯之生？"（清项忆云语）这句话看似翻案好奇，却含有人生的至理。无益之事，就是不为利害打算的事，就是由感情、意气、趣味的要求而做的事。我的去重庆而返杭州，正是感情、意气、趣味的要求，正是所谓"无益之事"。我幸有这一类的事，才能排遣我这"有涯之生"。

"漫卷诗书归去也，问群儿恋此山城否？言未毕，齐摇手。"其实并非厌恶这山城，只是感情、意气、趣味所发生的豪语而已。凡人都爱故乡。外国语有 nostalgia 一语，译曰"怀乡病"。中国古代诗文中，此病尤为流行。"去国怀乡"，自古叹为不幸。今后世界交通便捷，人的生活流动，"乡"的一个观念势必逐渐淡薄，而终至于消灭；到处为家，根本无所谓"故乡"。然而我们的血管里，还保留着不少"怀乡病"的细菌。故客居他乡，往往要发牢骚，无病呻吟。尤其是像我这样，被敌人的炮火所逼，放逐到重庆来的人，发点牢骚，正是有病呻吟。岂料呻吟之后，病居然好了，十年不得归去的故乡，居然有一天可以让我归去了！因此，不管故园已成焦土，不管交通如何困难，不管下江生活如何昂贵，我一定要辞别重庆，遄返江南。

重庆的临去秋波，非常可爱！那正是清和的四月，我卖脱了沙坪坝的小屋，迁居到城里凯旋路来等候归舟。凯旋路这名词已够好了，何况这房子站在山坡上，开窗俯瞰嘉陵江，对岸遥望海棠溪。水光山色，悦目赏心。晴朗的重庆，不复有警报的哭声，但闻"炒米糖开水""盐茶鸡蛋"的节奏的叫唱。这真是一个可留恋的地方。可惜如马一浮先生赠诗所说："清和四月巴山路，定有行人忆六桥。"我苦忆六桥，不得不离开这清和四月的巴山而回到杭州去。临别满怀感谢之情！数年来全靠这山城的庇护，使我免于披发左衽。谢谢重庆！

一九四七年元旦脱稿

（选自《丰子恺散文选集》，上海文艺出版社，1981年版）

成都

——"民族形式"的大都会

茅　盾

　　未到成都以前，就有人对我说：如果重庆可以比拟从前的上海，成都倒可以比拟北平。比如：成都人家大都有一个院子，院子里大都有这么一两株树；成都生活便宜，小吃馆子尤其价廉物美；乃至成都小贩叫卖的调门也是那么抑扬顿挫，颇有点"北平味"。结论是住家以成都为合宜。

　　另一位朋友，同意于这样的"观察"，但对于那结论，不同意。他说：和平时期，成都住家确是又舒服又便宜，但现在则不然，因为现在是"非常时期"。从去年二三月起，物价已在步步高升（当然这不是说，以前就不升），生活已不便宜，不过，吃的方面，还有几种土货，和重庆比，仍然低廉些；可是最叫人头痛的，是"逃警报"。从十一月到四月，重庆是雾季，但重庆虽没有警报，成都却不一定没有；反之，四月以后，雾季过完，重庆一有警报，成都也一定有，重庆人逃警报，成都人得奉陪。成都城内没有什么防空洞，因为一则是平地，像西安那种马路旁的地下室，证明还不是百分之百安全的；二则成都平地掘下二三尺就有水，要筑地下室，很成问题；三则成都人口又是那么密，哪有许多钱来建造够用的防空洞呢？这几项理由，当然是无可争辩的，于是公共防空洞之类，城里就索性没有。警报一拉，成都人仓皇锁了大门，蜂拥出城而去。成都并不小，为了保证市民们有充分的出城时间，第一次拉警报表示敌机已经入川，市民们得赶快收拾细软准备走；判明了敌机是向重庆进袭时，成都就拉第二次警报了，市民们就扶老携幼，逃出城去。如果敌机在重庆轰炸了，那在成都就拉紧急警报，不到重庆解除警报，成都是不会先解除的。故曰：每逢重庆人逃警报，远在六百多里外的成都人就得奉陪。

成都市民逃警报时作风是如此：第一次警报拉过后，就带着包裹箱笼往城外去，经验告诉他们，既有第一次警报，必有第二次，晚去不如早走，而且离城十里外方为安全，这又怎能不早走呢？以后的事，你可以用算术来推知：出城时间一小时，警报时间三至四小时，回城时间又是一小时。共计：五小时至八小时。这还是最低的估计。

但除了逃警报这一点，在成都住家，大概是好的。一九三八年上季的长沙，曾有过这样的现象，长沙人往乡下搬，下江人则往长沙逃，租住了长沙人遗下来的空屋——这被幽默的长沙人称为"换防"。相同的现象,似乎在成都也有。一些阀阅世家的高门大户内,往往租住了下江来的豪客。

成都洋房不多,除了那条春熙路,大部分的街道还保存了旧中国都市的风度,同类的商店聚在一条街上,这在成都是一个显著的现象。鞋帽铺和铜锡器铺的街道,都相当长;这些商铺,同时也是作场,铜锡制的用具,如茶壶、脸盆、灯台,都颇玲珑精致。还有仿造的洋式剪刀,也还不差。至于细木工,则雕镂的小摆设,很有些精雅的。在今天大后方的许多省会中,成都确有其特长,无论以市街的喧闹,土产的繁庶,手工艺之进步,各方面看来,成都是更其"中国的",所谓五千年文物之精美,这里多少还具体而微保存着一些。

卷烟(即土制雪茄)大概是抗战后新兴的手工业,在成都异常活跃。现在西北的西安,西南的柳州,都有中国的雪茄工厂。这都是模仿洋式的,无论从形式,从香味而言,我不能说它们比四川的差。但是称为"卷烟"的四川土制品,例如中江的出产,却确是中国的"卷烟",而不是仿造的"雪茄"。成都的,尤其如此。我曾经在兰州,乃至在新疆的哈密和迪化(乌鲁木齐),见过四川中江的"卷烟",如良心牌、日月牌(奇怪的是,西安与兰州交通甚便,却未见西安出的雪茄)。可是成都少见中江的货。成都卷烟品类之多,不胜指数,大概是每一烟店,同时便是作场。买了烟叶来自己卷制,已是一种风尚。所以成都的卷烟店一定挂着摆着大批的烟叶,包扎成棒槌状。而出售的制成品，单以外形而论，也就不少；圆形或方形而外，又有方形而四边起了棱线的一种，更有圆形而全身加以匀称之棱线者。尤其特别的，是在口衔的一端，附加了短短的鹅毛管或红色金色硬纸卷成的小管，作为卷烟的"咬嘴"。装在烟斗里吸的"杂拌"的纸盒上，却只有牌子的名儿（例如鼎鼎大名的华福临），并无烟名。

大小菜馆和点心店之多，而且几乎没有"外江菜"立足之余地，也是成都一个特色。熏兔子，棒棒儿鸡，几乎到处可遇。所谓熏兔，实在已非全兔，而只是两条后腿，初看见时你不会想到这是兔子。点心方面有一家卖汤圆的，出名是"少奶奶汤圆"，据说不知有此者就不算是地道的成都人。

城外路灯较少，入晚常见行人手持火把，一路扑打，使其光亮。这又使我想起了兰州人的火把。兰州的火把是薄薄的木片，阔约二寸，长约尺许，一束一束出售。兰州有一句话："火把像朝笏。"

（选自《茅盾散文速写集》，人民文学出版社，1980年版）

"战时景气"的宠儿

——宝鸡

茅　盾

　　宝鸡，陕西省的一个不甚重要的小县，战争使它崭露头角。人们称之为"战时景气"的宠儿。

　　陇海铁路、川陕大道，宝鸡的地位是枢纽。宝鸡的田野上，耸立了新式工厂的烟囱；宝鸡城外，新的市区迅速地发展，追求利润的商人、投机家，充满在这新市区的旅馆和酒楼；银行、仓库，水一样流转的通货，山一样堆积的商品和原料。这一切，便是今天宝鸡的"繁荣"的指标。人们说："宝鸡有前途！"

　　西京招待所的一个头等房间，弹簧双人床、沙发、衣橱、五斗橱、写字桌、浴间、抽水马桶、电铃——可称色色齐全了，房金呢，也不过十二元五角。宝鸡新市区的旅馆，一间双人房的房金也要这么多，然而它有什么？糊纸的矮窗，房里老是黄昏，按上手去就会吱吱叫的长方板桌，破缺的木椅，高脚木凳，一对条凳两副板的眠床，不平的楼板老叫你绊脚——这就是全部，再没有了。但是天天客满，有时你找不到半榻之地，着急得要哭。你看见旅馆的数目可真也不少，里把长的一条街上招牌相望，你一家一家进去看旅客牌，才知道长包的房间占了多数。为什么人们肯花这么多的冤枉钱？没有什么稀奇。人们在这里有生意，人们在这里挣钱也来得痛快，房金贵，不舒服，算得什么！

而且未必完全不舒服。土炕虽硬，光线虽暗，铺上几层毡，开一盏烟灯，叫这么三两个姑娘，京调、秦腔、大鼓，还不是照样乐！而且也还有好馆子，陇海路运来了海味，鱼翅、海参，要什么，有什么。华灯初上，在卡车的长阵构成的甬道中溜达，高跟鞋卷发长旗袍的艳影，不断地在前后左右晃；三言两语就混熟了，"上馆子小吃吧？"报你嫣然一笑。酒酣耳热的时候，你尽管放浪形骸，贴上你的发热的脸，会低声说："还不是好人家的小姐么，碰到这年头，咳，没什么好说啦！家在哪里么，爹做什么？不用说了，说起来太丢人呵！"于是土包子的暴发户嘻开嘴笑了，心头麻辣辣的别有一种神秘温馨的感觉。呵，宝鸡，这是一个不可思议的地方！

X 旅馆的一位长客，别瞧他貌不惊人，手面可真不小。短短的牛皮大衣，青呢马裤，獭皮帽，老拿着一根又粗又短的手杖，脸上肉彩很厚，圆眼睛，浓眉毛。他的朋友什么都有：军、政、商，以至不军不政不商的弄不明白的角色。说他手上有三万担棉花，现在棉花涨到三块多钱一斤了，可是他都不肯放。但这也许是"神话"吧，你算算，三块多一斤，三万担，该是多少？然而确是一个不可思议的人物。有一部商车的钢板断了，轮胎也坏了，找他吧，他会给你弄到；另一部商车已经装好了货，单缺汽油，"液体燃料管理委员会"统制汽油多么严格，希望很少。找他吧。"要多少？"三百加仑！"开支票来，七十块钱一加仑，明天就有了！"他什么都有办法。宝鸡这地方就有这样不可思议的"魔术家"！

但是这天天在膨胀的新市区还不能代表宝鸡的全貌。你试登高一看，呵，群山环抱，而山坳里还有些点点的村落。棉花已经收获，现在土地是暂时闲着；也有几片青绿色，那是菜，但还是这样充裕的"劳动力"的人家已经不多了，并且，一个"劳动力"从保长勒索的册子里解放出来，该付多少代价，恐怕你也无从想象。

离公路不过里把路，就有一个小小村庄，周围一二十家，房屋相当整齐，大都是自己有点土地的，从前当然是小康之家。单讲其中一家，一个院子，四间房，只夫妻两口带一个吃奶的婴孩，门窗都很好，住人的那房里还有一口红漆衣橱，屋檐下和不住人的房里都挂满了长串的苞谷，麻布大袋里装着棉籽。院子里靠土墙立着几十把稻草，也有些还带着花的棉梗搁在那里晒。有一只四个月大的猪。看这景象，就知道这人家以前很可以过得去。现在呢，自然也还"比下有余"。比方说，六个月前，保长要"抽"那丈夫的时候（他们不懂得什么兵役法，保长嘴里说的，就是王法），他们还能筹措四百多块钱交给保长，请他代找一个替身。虽然负了债，还不至于卖绝那仅存的五六亩地。然而，天气冷了，他们的婴孩没有棉衣，只好成天躺在土炕上那一堆破絮里，夫妇俩每天的食粮是苞谷和咸菜辣椒末，油么，那是不敢想望的奢侈品。不错，他们还养得有一口猪，但这口猪身上就负担着丈夫的"免役费"的半数，而且他们又不得不从自己嘴里省下苞谷来养猪。明年有没有力量再养一口，很成问题。人的脸色都像害了几年黄疸病似的，工作时候使不出劲。他们已经成为"人渣"，但他们却成就了新市区的豪华奢侈，他们给宝鸡赢得了"繁荣"！

（选自《茅盾散文速写集》，人民文学出版社，1980年版）

青纱帐

王统照

稍稍熟悉北方情形的人，当然知道这三个字——青纱帐，帐子上加"青纱"二字，很容易令人想到那幽幽的，沉沉的，如烟如雾的趣味。其中大约是小簟轻衾吧？有个诗人在帐中低吟着"手倦抛书午梦凉"的句子，或者更宜于有个雪肤花貌的"玉人"，从淡淡的灯光下透露出横陈的丰腴的肉体美来。可是煞风景得很！现在在北方一提起青纱帐这个暗喻格的字眼，汗喘气力、光着身子的农夫，横飞的子弹，枪、杀、劫掳、火光，这一大串的人物与光景，便即刻联想得出来。

北方有的是遍野的高粱，亦即所谓秫秫，每到夏季，正是它们茂生的时季。身个儿高，叶子长大，不到晒米的日子，早已在其中可以藏住人，不比麦子豆类隐蔽不住东西。这些年来北方，凡是有乡村的地方，这个严重的青纱帐季，便是一年中顶难过而要戒严的时候。

当初给遍野的高粱赠予这个美妙的别号的，够得上是位"幽雅"的诗人吧？本来如刀的长叶，连接起来恰像一个大的帐幔，微风过处，秆、叶摇拂，用青纱的色彩作比，谁能说是不对？然而高粱在北方的农产植物中是具有雄伟壮丽的姿态的。它不像黄云般的麦穗那么轻袅，也不是谷子穗垂头委琐的神气，高高独立，昂首在毒日的灼热之下，周身碧绿，满布着新鲜的生机。高粱米在东北几省中是一般家庭的普通食物，东北人在别的地方住久了，仍然还很欢喜吃高粱米煮饭。除那几省之外，在北方也是农民的主要食物，可以糊成饼子，摊作尖饼，而最大的用处是制造白干酒的原料，所以白干酒也叫作高粱酒。中国的酒类性烈易醉的莫过于高粱酒。可见这类农产物中所含酒精之纯，与北方的土壤气候都有关系。但高粱的特性也由此可以看出。

　　为什么北方农家有地不全种能产小米的谷类，非种高粱不可？据农人讲起来自有他们的理由。不错，高粱的价值不要说不及麦、豆，连小米也不如。然而每亩的产量多，而尤其需要的是燃料。我们的都会地方现在是用煤，也有用电与瓦斯的，可是在北方的乡间因为交通不便与价值高贵的关系，主要的燃料是高粱秸。如果一年地里不种高粱，那么农民的燃料便自然发生恐慌。除去为作粗糙的食品外，这便是在北方夏季到处能看见一片片高秆红穗的高粱地的缘故。

高粱的收获期约在夏末秋初。从前有我的一位族侄——他死去十几年了，一位旧典型的诗人——他曾有过一首旧诗，是极好的一段高粱赞：

"高粱高似竹，遍野参差绿。粒粒珊瑚珠，节节琅玕玉。"

农人对于高粱的红米与长秆子的爱惜，的确也与珊瑚琅玕相等。或者因为这等农产物品格过于低下的缘故，自来少见诸诗人的歌咏，不如稻、麦、豆类常在中国的田园诗人的句子中读得到。

但这若干年来，高粱地是特别地为人所憎恶畏惧！常常可以听见说："青纱帐起来，如何，如何……""今年的青纱帐季怎么过法？"因为每年的这个时季，乡村中到处遍布着恐怖，隐藏着杀机。通常在黄河以北的土匪头目，叫作"秆子头"，望文思义，便可知道与青纱帐是有关系的。高粱秆子在热天中既遍地皆是，容易藏身，比起"占山为王"还要便利。

青纱帐，现今不复是诗人、色情狂者所想象的清幽与挑拨肉感的所在，而变成乡村间所恐怖的"魔帐"了！

多少年来帝国主义的压迫，与连年内战，捐税重重，官吏、地主的剥削，现在的农村已经成了一个待爆发的空壳。许多人想着回到纯洁的乡村，以及想尽方法要改造乡村，不能不说他们的"用心良苦"，然而事实告诉我们，这样枝枝节节，一手一足的办法，何时才有成效！

青纱帐季的恐怖不过是一点表面上的情形，其所以有散布恐慌的原因多得很呢。

"青纱帐"这三个字徒然留下了极淡漠的、如烟如雾的一个表象在人人的心中，而内里面却藏有炸药的引子！

一九三三年七月四日

（选自王统照《青纱帐》，生活书店，1936年版）

乡里旧闻
——吊挂及其他

孙　犁

· 吊挂

　　每逢新年，从初一到十五，大街之上，悬吊挂。

　　吊挂是一种连环画。每幅一尺多宽，二尺多长，下面作牙
旗状。每四幅一组，串以长绳，横挂于街。每隔十几步，再挂
一组。一条街上，共有十几组。

　　吊挂的画法，是用白布涂一层粉，再用色彩绘制人物山水
车马等。故事多取材于《封神演义》《三国演义》《五代残唐》
或《杨家将》。其画法与庙宇中的壁画相似，形式与年画中的
连环画一样。在我的记忆中，新年时，吊挂只是一种装饰，站
立在下面的观赏者不多。因为妇女儿童，看不懂这些故事，而
大人长者，已经看了很多年，都已经看厌了。吊挂经过多年风

雪吹打，颜色已经剥蚀，过了春节，就又由管事人收起来，放到家庙里去了。吊挂与灯笼并称。年节时街上也挂出不少有绘画的纸灯笼，供人欣赏。杂货铺掌柜叫变吉的，每年在门前挂一个走马灯，小孩们聚下围观。

· 锣鼓

　　村里人，从地亩摊派，制买了一套锣鼓铙钹，平日也放在家庙里，春节才取出来，放在十字大街动用。每天晚上吃过饭，乡亲们集在街头，各执一器，敲打一通，说是娱乐，也是联络感情。
　　其鼓甚大，有架。鼓手执大棒二，或击其中心，或敲其边缘，缓急轻重，以成节奏。每村总有几个出名的鼓手。遇有求雨或出村赛会，鼓载于车，鼓手立于旁，鼓棒飞舞，有各种花点，是最动人的。

· 小戏

　　小康之家，遇有丧事，则请小戏一台，也有亲友送的。所谓小戏，就是街上摆一张方桌，四条板凳，有八个吹鼓手，坐在那里吹唱。并不化妆，一人可演几个角色，并且手中不离乐器。桌上放着酒菜，边演边吃喝。有人来吊孝，则停戏奏哀乐。男女围观，灵前有戚戚之容，戏前有欢乐之意。中国的风俗，最通人情，达世故，有辩证法。

富人家办丧事，则有老道念经。念经是其次，主要是吹奏音乐。这些道上，并不都是职业性质，很多是临时装扮成的，是农民中的音乐爱好者。他们所奏为细乐，笙管云锣，笛子唢呐都有。

最热闹的场面，是跑五方。道士们排成长队，吹奏乐器，绕过或跳过很多板凳，成为一种集体舞蹈。出殡时，他们在灵前吹奏着，走不远农民们就放一条板凳，并设茶水，拦路请他们演奏一番，以致灵车不能前进，延误埋葬。经管事人多方劝说，才得作罢。在农村，一家遇丧事，众人得欢心，总是平日文化娱乐太贫乏的缘故。

· 大戏

农村唱大戏，多为谢雨。农民务实，连得几场透雨，丰收有望，才定期演戏，时间多在秋前秋后。

我的村庄小，记忆中，只唱过一次大戏。虽然只唱了一次，却是高价请来的有名的戏班，得到远近称赞。并一直传说：我们村不唱是不唱，一唱就惊人。事前，先由头面人物去"写戏"，就是订合同。到时搭好照棚戏台，连夜派车去"接戏"。我们村庄小，没有大牲口（骡马），去的都是牛车，使演员们大为惊异，说这种车坐着稳当，好睡觉。

唱戏一般是三天三夜。天气正在炎热，戏台下万头攒动，尘土飞扬，挤进去就是一身透汗。而有些年轻力壮的小伙子，在此时刻，好表现一下力气，去"扒台板"看戏。所谓扒台板，就是把小褂一脱，缠在腰里，从台下侧身而入，硬拱进去。然后扒住台板，用背往后一靠。身后万人，为之披靡，一片人浪，向后拥去。戏台照棚，为之动摇。管台人员只好大声喊叫，要求他稳定下来。他却得意扬扬，旁若无人地看起戏来。出来时，还是从台下钻出，并夸口说，他看见坤角的小脚了。在农村，看戏扒台板，出殡扛棺材头，都是小伙子们表现力气的好机会。

唱大戏是村中的大典，家家要招待亲朋；也是孩了们最欢乐的节日。直到现在，我还记得一个歌谣，名叫《四大高兴》。其词曰：

新年到，搭戏台，先生（学校老师）走，媳妇来。

反之，为《四大不高兴》。其词为：

新年过，戏台拆，媳妇走，先生来。

可见，在农村，唱大戏和过新年，是同样受到重视的。

一九八二年七月

（选自《远道集》，百花文艺出版社，1984年版）

藕与莼菜

叶圣陶

　　同朋友喝酒，嚼着薄片的雪藕，忽然怀念起故乡来了。若在故乡，每当新秋的早晨，门前经过许多乡人；男的紫赤的胳膊和小腿肌肉突起，躯干高大且挺直，使人起健康的感觉；女的往往裹着白地青花的头巾，虽然赤脚，却穿短短的夏布裙，躯干固然不及男的那样高，但是别有一种健康的美的风致；他们各挑着一副担子，盛着鲜嫩的玉色的长节的藕。在产藕的池塘里，在城外曲曲弯弯的小河边，他们把这些藕一再洗濯，所以这样洁白。仿佛他们以为这是供人品味的珍品，这是清晨的画境里的重要题材，倘若涂满污泥，就把人家欣赏的浑凝之感打破了；这是一件罪过的事，他们不愿意担在身上，故而先把它们洗濯得这样洁白，才挑进城里来。他们要稍稍休息的时候，就把竹扁担横在地上，自己坐在上面，随便拣择担里过嫩的"藕枪"或是较老的"藕朴"，大口地嚼着解渴。过路的人就站住了，红衣衫的小姑娘拣一节，白头发的老公公买两支。清淡的甘美的滋味于是普遍于家家户户了。这样情形差不多是平常的日课，直到叶落秋深的时候。

在这里上海，藕这东西几乎是珍品了。大概也是从我们故乡运来的。但是数量不多，自有那些伺候豪华公子硕腹巨贾的帮闲茶房们把大部分抢去了；其余的就要供在较大的水果铺里，位置在金山苹果吕宋香芒之间，专待善价而沽。至于挑着担子在街上叫卖的，也并不是没有，但不是瘦得像乞丐的臂和腿，就是涩得像未熟的柿子，实在无从欣羡。因此，除了仅有的一回，我们今年竟不曾吃过藕。

这仅有的一回不是买来吃的，是邻舍送给我们吃的。他们也不是自己买的，是从故乡来的亲戚带来的。这藕离开它的家乡大约有好些时候了，所以不复呈玉样的颜色，却满被着许多锈斑。削去皮的时候，刀锋过处，很不爽利。切成片送进嘴里嚼着，有些儿甘味，但是没有那种鲜嫩的感觉，而且似乎含了满口的渣，第二片就不想吃了。只有孩子很高兴，他把这许多片嚼完，居然有半点钟工夫不再作别的要求。

想起了藕就联想到莼菜。在故乡的春天，几乎天天吃莼菜。莼菜本身没有味道，味道全在于好的汤。但是嫩绿的颜色与丰富的诗意，无味之味真足令人心醉。在每条街旁的小河里，石埠头总歇着一两条没篷的船，满舱盛着莼菜，是从太湖里捞来的。取得这样方便，当然能日餐一碗了。

而在这里上海又不然；非上馆子就难以吃到这东西。我们当然不上馆子，偶然有一两回去叨扰朋友的酒席，恰又不是莼菜上市的时候，所以今年竟不曾吃过。直到最近，伯祥的杭州亲戚来了，送他瓶装的西湖莼菜，他送给我一瓶，我才算也尝了新。

向来不恋故乡的我，想到这里，觉得故乡可爱极了。我自己也不明白，为什么会起这么深浓的情绪？再一思索，实在很浅显：因为在故乡有所恋，而所恋又只在故乡有，就萦系着不能割舍了。譬如亲密的家人在那里，知心的朋友在那里，怎得不恋恋？怎得不怀念？但是仅仅为了爱故乡么？不是的，不过在故乡的几个人把我们牵系着罢了。若无所牵系，更何所恋念？像我现在，偶然被藕与莼菜所牵系，所以就怀念起故乡来了。

所恋在哪里，哪里就是我们的故乡了。

（选自《叶圣陶散文·甲集》，四川人民出版社，1983年版）

卖白果

叶圣陶

总弄里边不知不觉笼上昏黄的暮色，一列电灯亮起来了。三三两两的男子和妇女站在各弄的口头，似乎很正经的样子，不知在谈些什么。几个孩子，穿鞋没拔上跟，他们互相追赶，鞋底擦着水门汀地，作"替替"的音响。

这时候，一个挑担的慢慢地走进弄来，他向左右观看，顿一顿再向前走两三步。他探认主顾的习惯就是如此；主顾确是必须探认的，不然，挑着担子出来难道是闲耍么？走到第四弄的口头，他把担子卸下来了。我们试看看他的担子。后头有一个木桶，盖着盖子，看不见盛的是什么东西。前头却很有趣，装着个小小的炉子，同我们烹茶用的差不多，上面承着一只小镬子；瓣状的火焰从镬子旁边舔出来，烧得不很旺。在这暮色已浓的弄口，便构成个异样的情景。

他开了镬子的盖子，用一只蚌壳在镬子里拨动，同时不很

154

协调地唱起来了："新鲜热白果，要买就来数。"发音很高，又含有急促的意味。这一唱影响可不小，左弄右弄里的小孩子陆续奔出来了，他们已经神往于镬子里的小颗粒，大人在后面喊着慢点儿跑的声音，对于他们只是微茫的喃喃了。

据平昔的经验，听到叫卖白果的声音时，新凉已经接替了酷暑；扇子虽不至于就此遭到捐弃，总不是十二分时髦的了；因此，这叫卖声里似乎带着一阵凉意。今年入秋转热，回家来什么也不做，还是气闷，还是出汗。正在默默相对，仿佛要叹息着说莫可奈何之际，忽然送来这么带着凉意的一声两声，引起我片刻的幻想的快感，我真要感谢了。

这声音又使我回想到故乡的卖白果的。做这营生的当然不只是一个，但叫卖的声调却大致相似，悠扬而轻清，恰配作新凉的象征；比较这里上海的卖白果的叫卖声有味得多了。他们的唱句差不多成为儿歌，我小时候曾经受教于大人，也模仿着他们的声调唱：

烫手热白果，

香又香来糯又糯；

一个铜钱买三颗，

三个铜钱买十颗。

要买就来数，

不买就挑过。

这真是粗俗的通常话，可是在静寂的夜间的深巷中，这样不徐不疾，不刚劲也不太柔软地唱出来，简直可以使人息心静虑，沉入享受美感的境界。本来，除开文艺，单从声音方面讲，凡是工人所唱一切的歌，小贩呼唤的一切叫卖声，以及戏台上红面孔白面孔青衫长胡子所唱的戏曲，中间都颇有足以移情的。我们不必辨认他们唱的是些什么话，含着什么意思，单就那调声的抑扬徐疾送渡转折等去吟味；也不必如考据家内行家那样用心，推究某种俚歌源于什么，某种腔调是从前某老板的新声，特别可贵；只取足以悦我们的耳的，就多听它一会；这样也就可以获得不少赏美的乐趣。如果歌唱的也就是极好的文艺，那当然更好，原是不待说明的。

　　这里上海的卖白果的叫卖声所以不及我故乡的，声调不怎么好自然是主因，而里中欠静寂，没有给它衬托，也有关系。全里的零零碎碎的杂声，里外马路上的汽车声，工厂里的机器声，搅和在一起，就无所谓静寂了。即使是神妙的音乐家，在这境界中演奏他生平的绝艺，也要打个很大的折扣，何况是不足道的卖白果的叫卖声呢。

　　但是它能引起我片刻的幻想的快感，总是可以感谢而且值得称道的。

（选自《叶圣陶散文·甲集》，四川人民出版社，1983年版）

三种船

叶圣陶

　　一连三年没有回苏州去上坟了。今年秋天有点儿空闲，就去上一趟坟。上坟的意思无非是送一点钱给看坟的坟客，让他们知道某家的坟还没有到可以盗卖的地步罢了。上我家的坟得坐船去。苏州人上坟向来大都坐船，天气好，逃出城圈子，在清气充塞的河面上畅快地呼吸一天半天，确是非常舒服的事。这一趟我去，雇的是一条熟识的船。涂着的漆差不多剥光了，窗框歪斜，平板破裂，一副残废的样子。问起船家，果然，这条船几年没有上岸修理了。今年夏季大旱，船只好胶住在浅浅的河浜里，哪里还有什么生意，又哪里来钱上岸修理。就是往年，除了春季上坟，船也只有停在码头上迎晓风送夕阳的份儿。近年来到各乡各镇去，都有了小轮船，不然，可以坐绍兴人的"哟哟船"，也不比小轮船慢，而且价钱都很便宜。如果没有上坟这件事，苏州城里的船恐怕只能劈做柴烧了。而上坟的事大概是要衰落下去的，就像我，已经改变为三年上一趟坟了。

苏州城里的船叫作"快船"，与别地的船比起来，实在是并不快的。因为不预备经过什么长江大湖，所以吃水很浅，船底阔而平。除了船头是露天以外，分作头舱中舱和艄篷三部分。头舱可以搭高，让人站直不至于碰头顶。两旁边各有两把或者三把小巧的靠背交椅，又有小巧的茶几。前檐挂着红绿的明角灯，明角灯又挂着红绿的流苏。踏脚的是广漆的平板，一般是六块，由横的直的木条承着。揭开平板，下面是船家的储藏库。中舱也铺着若干块平板，可是差不多贴着船底，所以从头舱到中舱得跨下一尺多。中舱两旁边是两排小方窗，上面的一排可以吊起来，第二排可以卸去，以便靠着船舷眺望。以前窗子都配上明瓦，或者在拼凑的明瓦中间镶这么一小方玻璃，后来玻璃来得多了，就完全用玻璃。中舱与头舱艄篷分界处都有六扇书画小屏门，上方下方装在不同的几条槽里，要开要关，只需左右推移。书画大多是金漆的，无非"寒雨连江夜入吴""月落乌啼霜满天"以及梅兰竹菊之类。中舱靠后靠右搁着长板，供客憩坐。如果过夜，只要靠后多拼一两条长板，就可以摊被褥。靠左当窗放一张小方桌，方桌旁边四张小方凳。如果在小方桌上放上圆桌面，十来个人就可以聚餐。靠后靠右的长板以及头舱的平板都是座头，小方凳摆在角落里凑数。末了儿说到艄篷，那是船家整个的天地。艄篷同头舱一样，平板以下还有地位，放着锅灶碗橱以及铺盖衣箱种种东西。揭开一块平板，船家就蹲在那里切肉煮菜。此外是摇橹人站着摇橹的地方。橹左右各一把，每把由两个人服事，一个当橹柄，一个当橹绳。船家如果有小孩，走不来的躺在困桶里，放在翘起的后艄，能够走的就让他在那里爬，拦腰一条绳拴着，系在篷柱上，以防跌到河里去。后艄的一旁露出四条棍子，一顺地斜并着，原来大概是护船的武器，后来转变成装饰品了。全船除着水的部分以外，窗门板柱都用广漆，所以没有其他船上常有的那种难受的桐油气味。广漆的东西容易擦干净，船旁边有的是水，只要船家不懒惰，船就随时可以明亮爽目。

从前，姑奶奶回娘家哩，老太太看望小姐哩，坐轿子嫌吃力，就唤一条快船坐了去。在船里坐得舒服，躺躺也不妨，又可以吃茶、吸水烟，甚至抽大烟。只是城里的河道非常脏，有人家倾弃的垃圾，有染坊里放出来的颜色水，淘米净菜洗衣服涮马桶又都在河旁边干，使河水的颜色和气味变得没有适当的字眼可以形容。有时候还浮着肚皮胀得饱饱的死猫或者死狗的尸体。到了夏天，红里子白里子黄里子的西瓜皮更是洋洋大观。苏州城里河道多，有人就说是东方的威尼斯。威尼斯像这个样子，又何足羡慕呢？这些，在姑奶奶老太太等人是不管的，只要小天地里舒服，以外尽不妨马虎，而且习惯成自然，那就连抬起手来按住鼻子的力气也不用花。城外的河道宽阔清爽得多，到附近的各乡各镇去，或逢春秋好日子游山玩景，以及干那宗法社会里的重要事项——上坟，唤一条快船去当然最为开心。船家做的菜是菜馆比不上的，特称"船菜"。正式的船菜花样繁多，菜以外还有种种点心，一顿吃不完。非正式地做几样也还是精，船家训练有素，出手总不脱船菜的风格。拆穿了说，船菜所以好就在于只准备一席，小镬小锅，做一样是一样，汤水不混合，材料不马虎，自然每样有它的真味，叫人吃完了还觉得馋涎欲滴。倘若船家进了菜馆里的大厨房，大镬炒虾，大锅煮鸡，那也一定会有坍台的时候。话得说回来，船菜既然好，坐在船里又安舒，可以眺望，可以谈笑，玩它个夜以继日，于是快船常有求过于供的情形。那时候，游手好闲的苏州人还没有识得"不景气"的字眼，脑子里也没有类似"不景气"的想头，快船就充当了适应时地的幸运儿。

除了做船菜，船家还有一种了不得的本领，就是相骂。相骂如果只会防御，不会进攻，那不算稀奇。三言两语就完，不会像藤蔓似的纠缠不休，也只能算次等角色。纯是常规的语法，不会应用修辞学上的种种变化，那就即使纠缠不休也没有什么精彩。船家与人家相骂起来，对于这三层都能毫无遗憾，当行出色。船在狭窄的河道里行驶，前面有一条乡下人的柴船或者什么船冒冒失失地摇过来，看去也许会碰撞一下，船家就用相骂的口吻进攻了，"你瞎了眼睛吗？这样横冲直撞是不是去赶死？"诸如此类。对方如果有了反响，那就进展到纠缠不休的阶段，索性把摇橹撑篙的手停住了，反复再四地大骂，总之错失全在对方，所以自己的愤怒是不可遏制的。然而很少骂到动武，他们认为男人盘辫子女人扭胸脯不属于相骂的范围。这当儿，你得欣赏他们的修辞的才能。要举例子，一时可记不起来，但是在听到他们那些话语的时候，你一定会想，从没有想到话语可以这么说的，然而唯有这么说，才可以包含怨恨、刻毒、傲慢、鄙薄种种成分。编辑人生地理教科书的学者只怕没有想到吧，苏州城里的河道养成了船家相骂的本领。

他们的摇船技术是在城里的河道训练成功的，所以长处在于能小心谨慎，船与船擦身而过，彼此绝不碰撞。到了城外去，遇到逆风固然也会拉纤，遇到顺风固然也会张一扇小巧的布篷，可是比起别种船上的驾驶人来，那就不成话了。他们敢于拉纤或者张篷的时候，风一定不很大，如果真个遇到大风，他们就小心谨慎地回复你，今天去不成。譬如我去上坟必须经过石湖，虽然吴瞿安先生曾作诗说石湖"天风浪浪"什么什么以及"群山为我皆低昂"，实在是个并不怎么阔大的湖面，旁边只有一座很小的上方山，每年阴历八月十八，许多女巫都要上山去烧香的。船家一听说要过石湖就抬起头来看天，看有没有起风的意思。到进了石湖的时候，脸色不免紧张起来，说笑都停止了。听得船头略微有汨汨的声音，就轻轻地互相警戒，"浪头！浪头！"有一年我家去上坟，风在十点过后大起来，船家不好说回转去，就坚持着不过石湖。这一回难为了我们的腿，来回跑了二十里光景才上成了坟。

现在来说绍兴人的"嗒嗒船"。那种船上备着一面小铜锣，开船的时候就当当当当敲起来，算是信号，中途经过市镇，又当当当当敲起来，招呼乘客，因此得了这奇怪的名称。我小时候，苏州地方没有那种船。什么时候开头有的，我也说不上来。直到我到用直去当教师，才与那种船有了缘。船停泊在城外，据传闻，是与原有的航船有过一番斗争的。航船见它来抢生意，不免设法阻止。但是"嗒嗒船"的船夫只知道硬干，你要阻止他们，他们就与你打。大概交过了几回手吧，航船夫知道自己不是那些绍兴人的敌手，也就只好用鄙夷的眼光看他们在水面上来去自由了。中间有没有立案呀登记呀这些手续，我可不清楚，总之那些绍兴人用腕力开辟了航线是事实。我们有一句话，"麻雀豆腐绍兴人"，意思是说有麻雀豆腐的地方也就有绍兴人，绍兴人与麻雀豆腐一样普遍于各地。试把"嗒嗒船"与航船比较，就可以证明绍兴人是生存斗争里的好角色，他们与麻雀豆腐一样普遍于各地，自有所以然的原因。这看了后文就知道，且让我把"嗒嗒船"的体制叙述一番。

"嗒嗒船"属于"乌篷船"的系统，方头，翘尾巴，穹形篷，横里只够两个人并排坐，所以船身特别见得长。船旁涂着绿釉，底部却涂红釉，轻载的时候，一道红色露出水面，与绿色作强烈的对照。篷纯黑色。舵或红或绿，不用，就倒插在船艄，上面歪歪斜斜标明所经乡镇的名称，大多用白色。全船的材料很粗陋，制作也将就，只要河水不至于灌进船里就成，横一条木条，竖一块木板，像破衣服上的补缀一样，那是不在乎的。我们上旁的船，总是从船头走进舱里去。上"咭咭船"可不然，我们常常踩着船边，从推开的两截穹形篷中间把身子挨进舱里去，这样见得爽快。大家既然不欢喜钻舱门，船夫有人家托运的货品就堆在那里，索性把舱门堵塞了。可是踩船边很要当心。西湖划子的活动不稳定，到过杭州的人一定有数，"咭咭船"比西湖划子大不了多少，它的活动不稳定也与西湖划子不相上下。你得迎着势，让重心落在踩着船边的那只脚上，然后另一只脚轻轻伸下去，点着舱里铺着的平板。进了舱你就得坐下来。两旁靠船边搁着又狭又薄的长板就是座位，这高出铺着的平板不过一尺光景，所以你坐下来就得耸起你的两个膝盖，如果对面也有人，那就实做"促膝"了。背心可以靠在船篷上，躯干最好不要挺直，挺直了头触着篷顶，你不免要起局促之感。先到的人大多坐在推开的两截穹形篷的空当里，这里虽然是出入要道，时时有偏过身子让人家的麻烦，却是个优越的位置，透气，看得见沿途的景物，又可以轮流把两臂搁在船边，舒散舒散久坐的困倦。然而遇到风雨或者极冷的天气，船篷必须拉拢来，那位置也就无所谓优越，大家一律平等，埋没在含有恶

163

浊气味的阴暗里。

"嘚嘚船"的船夫差不多没有四十以上的人，身体都强健，不懂得爱惜力气，一开船就拼命划。五个人分两边站在高高翘起的船艄上，每人管一把橹，一手当橹柄，一手当橹绳。那橹很长，比旁的船上的橹来得轻薄。当推出橹柄去的时候，他们的上身也冲了出去，似乎要跌到河里去的模样。接着把橹柄挽回来，他们的身子就往后顿，仿佛要坐下来似的。五把橹在水里这样强力地划动，船身就飞快地前进了。有时在船头加一把桨，一个人背心向前坐着，把它扳动，那自然又增加了速率。只听得河水活活地向后流去，奏着轻快的调子。船夫一壁划船，一壁随口唱绍兴戏，或者互相说笑，有猥亵的性谈，有绍兴风味的幽默谐语，因此，他们就忘记了疲劳，而旅客也得到了解闷的好资料。他们又喜欢与旁的船竞赛，看见前面有一条什么船，船家摇船似乎很努力，他们中间一个人发出号令说"追过它"，其余几个人立即同意，推呀挽呀分外用力，身子一会儿冲出去，一会儿倒仰过来，好像忽然发了狂。不多时果然把前面的船追过了，他们才哈哈大笑，庆贺自己的胜利，同时恢复到原先的速率。由于他们划得快，比较性急的人都欢喜坐他们的船，譬如从苏州到甪直是"四九路"（三十六里），同样地划，航船要六个钟头，"嘚嘚船"只要四个钟头，早两个钟头上岸，即使不想赶做什么事，身体究竟少受些拘束，何况船价同样是一百四十文，十四个铜板。（这是十五年前的价钱，现在总该增加了。）

风顺，"咶咶船"当然也张风篷。风篷是破衣服、旧挽联、干面袋等材料拼凑起来的，形式大多近乎正方。因为船身不大，就见得篷幅特别大，有点儿不相称。篷杆竖在船头舱门的地位，是一根并不怎么粗的竹头，风越大，篷杆越弯，把袋满了风的风篷挑出在船的一边。这当儿，船的前进自然更快，听着哗哗的水声，仿佛坐了摩托船。但是胆子小点儿的人就不免惊慌，因为船的两边不平，低的一边几乎齐水面，波浪大，时时有水花从舱篷的缝里泼进来。如果坐在低的一边，身体被动地向后靠着，谁也会想到船一翻自己就最先落水。坐在高的一边更得费力气，要把两条腿伸直，两只脚踩紧在平板上，才不至于脱离座位，跌扑到对面的人的身上去。有时候风从横里来，他们也张风篷，一会儿篷在左边，一会儿调到右边，让船在河面上尽画曲线。于是船的两边轮流地一高一低，旅客就好比在那里坐幼稚园里的跷跷板，"这生活可难受"，有些人这样暗自叫苦。然而"咶咶船"很少失事，风势真个不对，那些船夫还有硬干的办法。有一回我到甪直去，风很大，饱满的风篷几乎蘸着水面，虽然天气不好，因为船行非常快，旅客都觉得高兴，后来进了吴淞江，那里江面很阔，船沿着"上风头"的一边前进。忽然呼呼地吹来更猛烈的几阵风，风篷着了湿重又离开水面。旅客连"哎哟"都喊不出来，只把两只手紧紧地支撑着舱篷或者坐身的木板。扑通，扑通，三四个船夫跳到水里去了。他们一齐扳住船的高起的一边，待留在船上的船夫把风篷落下来，他们才水淋淋地爬上船艄，湿了的衣服也不脱，拿起橹来就拼命地划。

　　说到航船，凡是摇船的跟坐船的差不多都有一种哲学，就是"反正总是一个到"主义。反正总是一个到，要紧做什么？到了也没有烧到眉毛上来的事，慢点儿也呒啥。所以，船夫大多衔着一根一尺多长的烟管，闭上眼睛，偶尔想到才吸一口，一管吸完了，慢吞吞捻了烟丝装上去，再吸第二管。正同"唦唦船"相反，他们中间很少四十以下的人。烟吸畅了，才起来理一理篷索，泡一壶公众的茶。可不要当作就要开船了，他们还得坐下来谈闲天。直到专门给人家送信带东西的"担子"回了船，那才有点儿希望。好在坐船的客人也不要不紧，隔十多分钟二三十分钟来一个两个，下了船重又上岸，买点心哩，吃一开茶哩，又是十分或一刻。有些人买了烧酒豆腐干花生米来，预备一路独酌。有些人并没有买什么，可是带了一张源源不绝的嘴，还没有坐定就乱攀谈，挑选相当的对手。在他们，迟些儿到实在不算一回事，就是不到又何妨。坐惯了轮船火车的人去坐航船，先得做一番养性的功夫，不然，这种阴阳怪气的旅行，至少会有三天的闷闷不乐。

航船比"咇咇船"大得多，船身开阔，舱作方形，木制，不像"咇咇船"那样只用芦席。艄篷也宽大，雨落太阳晒，船夫都得到遮掩。头舱中舱是旅客的区域。头舱要盘膝而坐。中舱横搁着一条条长板，坐在板上，小腿可以垂直。但是中舱有的时候要装货，豆饼菜油之类装满在长板下面，旅客也只得搁起了腿坐了。窗是一块块的板，要开就得卸去，不卸就得关上。通常两旁各开一扇，所以坐在舱里那种气味未免有点儿难受。坐得无聊，如果回转头去看艄篷里那几个老头子摇船，就会觉得自己的无聊才真是无聊。他们的一推一挽距离很小，仿佛全然不用力气，两只眼睛茫然望着岸边，这样地过了不知多少年月，把踏脚的板都踏出脚印来了，可是他们似乎没有什么无聊，每天还是走那老路，连一棵草一块石头都熟识了的路。两相比较，坐一趟船慢一点儿闷一点儿又算得什么。坐航船要快，只有巴望顺风。篷杆竖在头舱与中舱之间，一根又粗又长的木头。风篷极大，直拉到杆顶，有许多竹头横撑着，吃了风，巍然地推进，很有点儿气派。风最大的日子，苏州到甪直三点半钟就吹到了。但是旅客究竟是"反正总是一个到"主义者，虽然嘴里嚷着"今天难得"，另一方面却似乎嫌风太大船太快了，跨上岸去，脸上不免带点儿怅然的神色。遇到顶头逆风航船就停班，不像"咇咇船"那样无论如何总得用人力去拼。客人走到码头上，看见孤零零的一条船停在那里，半个人影儿也没有，知道是停班，就若无其事地回转身。风总有停的日子，那么航船总有开的日子。忙于寄信的我可不能这样安静，每逢校工把发出的信退回来，说今天航船不开，就得担受整天的不舒服。

（选自《叶圣陶散文·甲集》，四川人民出版社，1983年版）

石板路

周作人

　　石板路在南边可以说是习见的物事，本来似乎不值得提起来说，但是住在北京久了，现在除了天安门前的一段以外，再也见不到石路，所以也觉似有点稀罕。南边石板路虽然普通，可是在自己最为熟悉，也最有兴趣的，自然要算是故乡的，而且还是三十年前那时候的路，因为我离开家乡就已将三十年，在这中间石板恐怕都已变成了粗恶的马路了吧。案《宝庆会稽续志》卷一《街衢》云：

　　"越为会府，衢道久不修治，遇雨泥淖几于没膝，往来病之。守汪纲亟命计置工石，所至缮砌，浚治其湮塞，整齐其嵌崎，除衔陌之秽污，复河渠之便利，道涂堤岸，以至桥梁，靡不加葺，坦夷如砥，井里嘉叹。"乾隆《绍兴府志》卷七引《康熙志》云：

　　"国朝以来衢路益修洁，自市门至委巷，粲然皆石甃，故海内有天下绍兴街之谣。然而生齿日繁，阛阓充斥，居民日夕侵占，以广市廛，初联接飞檐，后竟至丈余，为居货交易之所，一人作俑，左右效尤，街之存者仅容车马。每遇雨霁雪消，一线之径，阳焰不能射入，积至五六日犹泥泞，行者苦之。至冬残岁晏，乡民杂沓，到城贸易百物，肩摩趾蹑，一失足则腹背为人蹂躏。康熙六十年知府俞乡下令辟之，以石牌坊中柱为界，使行人足以往来。"查志载汪纲以宋嘉定十四年权知绍兴府，至清康熙六十年整整是五百年，那街道大概就一直整理得颇好，又过二百年直至清末还是差不多。我们习惯了也很觉得平常，原来却有天下绍兴街之谣，这是在现今方才知道。小时候听唱山歌，有一首云：

> 知了喳喳叫，
> 石板两头翘，
> 懒惰女客困旰觉。

知了即是蝉的俗名，盛夏蝉鸣，路上石板都热得像木板晒干：两头翘起。又有歌述女仆的生活，主人乃是大家，其门内是一块石板到底。由此可知在民间生活上这石板是如何普遍，随处出现。我们又想到七星岩的水石宕，通称东湖的遶门山，都是从前开采石材的遗迹，在遶门山左近还正在采凿着，整座的石山就要变成平地，这又是别一个证明。普通人家自大门内凡是走路一律都是石板，房内用砖铺地，或用大方砖名曰地平，贫家自然也多只是泥地，但凡路必用石，即使在小村里也有一条石板路，阔只二尺，仅够行走。至于城内的街无不是石，年久光滑不便于行，则凿去一层，雨后即着旧钉鞋行走其上亦不虞颠仆，更不必说穿草鞋的了。街市之杂沓仍如旧志所说，但店家侵占并不多见，只是在大街两边，就店外摆摊者极多，大抵自轩亭口至江桥，几乎沿路接连不断，中间空路也就留存得有限，从前越中无车马，水行用船，路行用轿，所以，改正旧文，当云仅容肩舆而已。这些摆摊的当然有好些花样，不晓得如今为何记不清楚，这不知究竟是为了年老健忘，还是嘴馋眼馋的缘故，记得最明白的却是那些水果摊子，满台摆满了秋白梨和苹果。一堆一角小洋，商人大张着嘴在那里嚷着叫卖。这样呼声也很值得记录，可惜也忘记了，只记得一点大意。石天基《笑得好》中有一则笑话，题目是《老虎诗》，其文曰：

"一人向众夸说，我见一首虎诗，做得极好极妙，止得四句诗，便描写已尽。傍人请问，其人曰，头一句是甚的甚的虎，第二句是甚的甚的苦，傍人又曰，既是上二句忘了，可说下二句吧。其人仰头想了又想，乃曰，第三句其实忘了，还亏第四句记得明白，是很得很的意思。"市声本来也是一种歌谣，失其词句，只存意思，便与这《老虎诗》无异。叫卖的说东西贱，意思原是寻常，不必多来记述，只记得有一个特殊的例：卖秋白梨的大汉叫卖一两声，频高呼曰，来驮哉，来驮哉，其声甚急迫。这三个字本来也可以解为请来拿吧，但从急迫的声调上推测过去，则更像是警戒或告急之词，所以显得他很是特别。他的推销法亦甚积极，如有长衫而不似寒酸或啬刻的客近前，便云：拿几堆去吧。不待客人说出数目，已将台上两个一堆或三个一堆的梨头用右手扰乱归并，左手即抓起竹丝所编三文一只的苗篮来，否则亦必取大荷叶卷成漏斗状，一堆两堆的尽往里装下去。客人连忙阻止，并说出需要的堆数，早已来不及，普通的顾客大抵不好固执，一定要他从荷叶包里拿出来再摆好在台上，所以只阻止他不再加入，原要两堆如今已是四堆，也就多花两个角子算了。俗语云：掰卖情销，上边所说可以算作一个实例。路边除水果外一定还有些别的摊子，大概因为所卖货色小时候不大亲近，商人又不是那么大嚷大叫，所以不大注意，至今也就记不起来了。

　　与石板路有关联的还有那石桥。这在江南是山水风景中的一个重要分子，在画面上可以时常见到。绍兴城里的西边自北海桥以次，有好些大的圆洞桥，可以入画，老屋在东郭门内，近处便很缺少了，如张马桥、都亭桥、大云桥、塔子桥、马梧桥等，差不多都只有两三级，有的还与路相平，底下只可通小船而已。禹迹寺前的春波桥是个例外，这是小圆洞桥，但其下可以通行任何乌篷船，石级也当有七八级了。凡桥虽低而两栏不是墙壁者，照例总有天灯用以照路，不过我所明了记得的却又只是春波桥，大约是桥较大，天灯亦较高的缘故吧。这乃是一支木杆高约丈许，横木上著板制人字屋脊，下有玻璃方龛，点油灯，每夕以绳上下悬挂。翟晴江《无不宜斋稿》卷一《甘棠村杂咏》之十七《咏天灯》云：

"冥冥风雨宵，孤灯一杠揭。荧光散空虚，灿逾田烛设。夜间归人稀，隔林自明灭。"这所说是杭州的事，但大体也是一样。在民国以前，属于慈善性的社会事业，由民间有志者主办，到后来恐怕已经消灭了吧。其实就是在那时候，天灯的用处大半也只是一种装点，夜间走路的人除了夜行之外，总须得自携灯笼，单靠天灯是绝不够的。拿了"便行"灯笼走着，忽见前面低空有一点微光，预告这里有一座石桥了，这当然也是有益的，同时也是有趣味的事。

一九四五年十二月二日记，时正闻驴鸣

（选自周作人《过去的工作》，澳门大地出版社，1973年版）

乡村杂景

茅　盾

　　人到了乡下便像压紧的弹簧骤然放松了似的。

　　从矮小的窗洞望出去，天是好像大了许多，松喷喷的白云在深蓝色的天幕上轻轻飘着；大地伸展着无边的"夏绿"，好像更加平坦；远处有一簇树，矮矮地蹲在绿野中，却并不显得孤独；反射着太阳光的小河，靠着那些树旁边弯弯地去了。有一座小石桥，桥下泊着一条"赤膊船"。

　　在乡下，人就觉得"大自然"像老朋友似的嘻开着笑嘴老在你门外徘徊——不，老实是"排闼直入"，蹲在你案头了。

　　住在都市的时候到公园里去走走，你也可以看见蓝天、白云、绿树，你也会暂时觉得这天、这云、这树，比起三层楼窗洞里所见的天的一角，云的一抹，树的尖顶确实是更近于"自然"；那时候，你也会暂时感到"大自然"张开了两臂在拥抱你了。但不知怎地，总也时时会感得这都市公园内所见的"大

174

自然"不过是"大自然"的一部分，而且好像是"人工的"——比方说，就像《红楼梦》大观园里"稻香村"的田园风光是"人工的"一般。

生长在农村，但在都市里长大，并且在都市里饱尝了"人间味"，我自信我染着若干都市人的气质；我每每感到都市人的气质是一个弱点，总想摆脱，却怎地也摆脱不下；然而到了乡村住下，静思默念，我又觉得自己的血液里原来还保留着乡村的"泥土气息"。

可以说有点爱乡村吧？

不错，有一点。并不是把乡村当作不动不变的"世外桃源"所以我爱。也不是因为都市"丑恶"。都市美和机械美我都赞美的。我爱的，是乡村的浓郁的"泥土气息"。不像都市那样歇斯底里、神经衰弱，乡村是沉着的、执拗的、起步虽慢可是坚定的——而这，我称之为"泥土气息"。

让我们再回到农村的风景吧——

这里，绿油油的田野中间又有发亮的铁轨，从东方天边来，笔直地向西去，远得很，远得很；就好像是巨灵神在绿野里划的一条墨线。每天早晚两次，机关车拖着一长列的车厢，像爬虫似的在这里走过。说像爬虫，可一点也不过分冤枉了这家伙。你在大都市车站的月台上，听得"嗐——"的一声歇斯底里的口笛，立刻满月台的人像鬼迷了似的乱推乱撞，而于是，在隆隆的震响中，"这家伙"喘着大气冲来了，那时你觉得它快得很，又莽撞得很，可不是？然而在寥廓的田野中，凭着短窗远远地看去，它就像爬虫，怪妩媚地爬着、爬着，直到天边看不见，混失在绿野中。

晚间，这家伙按着钟点经过时，在夏夜的薄光下，就像是一条身上有磷光的黑虫，爬得更慢了，你会代替它心焦。

还有那天空的"铁鸟"，一天也有一次飞过。像一个尖嘴姑娘似的，还没见她的身影儿就听得她那吵闹的骚音，飞得不很高，翅膀和尾巴看去都很分明。它来的时候总在上午，乡下人的平屋顶刚刚袅起了白色的炊烟。戴着大箬笠穿了铁甲似的"蒲包衣"，在田里工作的乡下人偶然也翘头望一会儿，一点表情都没有。他们当然不会领受那"铁鸟"的好处，而且他们现在也还没吃过这"铁鸟"的亏。他们对于它淡漠得很，正像他们对于那"爬虫"。

他们憎恨的，倒是那小河里的实在可怜相的小火轮。这应该说是一"伙"了，因为有烧煤的小火轮，也有柴油轮——乡下人叫作"洋油轮船"，每天经过这小河，相隔二三小时就听得那小石桥边有吱吱的汽笛叫声。这小火轮的一家门，放在大都市的码头上，谁也看它们不起。可是在乡下，它们就是恶霸。它们轧轧地经过那条小河的时候总要卷起两道浪头，泼剌剌地冲打那两岸的泥土。这所谓浪头，自然幺小可怜，不过半尺许高而已，可是它们一天几次冲打那泥岸，已经够使岸那边的稻田感受威胁。大水的年头儿，河水快与岸平，小火轮一过，河水就会灌进田里。就在这一点，乡下人和小火轮及其堂兄弟柴油轮成了对头。

小石桥迤西的河道更加窄些，轮船到石桥口就要叫一声，仿佛官府喝道似的。而且你站在那石桥上就会看见小轮屁股后那两道白浪泛到齐岸半寸。要是那小轮是烧煤的，那它沿路还要撒下许多黑屎，把河床一点一点填高淤塞，逢到大水大旱年成就要了这一带的乡下人的命。乡下人憎恨小火轮不是盲目的没有理由的。

沿着铁轨来的"爬虫"怎样像蚊子用尖针似的嘴巴吮吸了农村的血，乡下人是理解不到的；天空的"铁鸟"目前和乡村是无害亦无利；剩下来，只有小火轮一家门直接害了乡下人，就好比横行乡里的土豪劣绅。他们也知道对付那水里的"土劣"的方法是开浚河道，但开河要抽捐，纳捐是老百姓的本分，河的开不开却是官府的事。

刚才我不是说小石桥西首的河身特别窄么？在内地，往往隔开一个山头或是一条河就另是一个世界。这里的河身那么一窄，情形也就不同了。那边出产"土强盗"。这也是非常可怜相的"土强盗"，没有枪，只有锄头和菜刀。可是他们却有一个"军师"。这"军师"又不是活人，而是一尊小小的泥菩萨。

这些"土强盗"不过十来人一帮。他们每逢要"开市"，大家就围住了这位泥菩萨军师磕头膜拜，嘴里念着他们的"经"，有时还敲"法器"，跟和尚的"法器"一样。末了，"土

强盗"伙里的一位——他是那泥菩萨军师的"代言人"——就
宣言"今晚上到东南方有利",于是大家就到东南方。"代言人"
负了那泥菩萨到一家乡下人的门前,说"是了",他的同伴们
就动手。这份被光顾的人家照例是什么值钱的东西也不会有的,
"土强盗"自然也知道;他们的目的是绑票。住在都市里的人一
听说"绑票"就会想到那是一辆汽车,车里跳下四五人,都有
手枪,疾风似的攫住了目的物就闪电似的走了。可是我们这里
所讲的乡下"土"绑票却完全不同。他们从容得很。他们还有
"仪式"。他们一进了"泥菩萨军师"所指定的人家,那位负着
泥菩萨的"代言人"就站在门角里,脸对着墙,立刻把菩萨解
下来供在墙角,一面念佛,一面拜,不敢有半分钟的停顿。直
到同伴们已经绑得了人,然后他再把泥菩萨负在背上,仍然一
路念佛跟着回去。

第二天,假使被绑的人家筹得了两块钱,就可以把肉票
赎回。

据说这一宗派的"土"绑匪发源于温台,可是现在似乎别
处也有了。而他们也有他们的"哲学"。他们说,偷一条牛还
不如绑一个人便当。牛使牛性的时候,怎地鞭打也不肯走,人
却不会那么顽强抵抗。

真是多么可怜相,然而妩媚的绑匪呵?

（选自《茅盾散文速写集》,人民文学出版社,1980年版）

竹刀

陆　蠡

　　谁要是看惯了平畴万顷的田野，无穷尽地延伸着棋格子般的纵横阡陌，四周的地平线形成一个整齐的圆圈，只有疏疏的竹树在这圆周上划上一些缺刻。这地平的背后没有淡淡的远山，没有点点的帆影，这幅极单调极平凡的画面乃似出诸毫无构思的拙劣的画家的手笔，令远瞩者的眼光得不到休止，而感到微微的疲倦。

　　假如在这平野中有一座遮断视线的孤山，不，一片高冈，一撮小丘，这对于永久囿于地的平面上的人们是多么兴奋啊。方朝日初上或夕阳西坠，有巨大的山影横过田野，替没有陪衬没有光影的画面上添上一笔淡墨，一笔浓沈；多雾或微雨的天，山顶上浮起一缕白烟，一抹烟霭，间或有一道彩色的长虹，从地平尽处一脚跨到山后，于是这山便成了居民憧憬的景物。遂有平野的诗人，望见这山影移上短墙，风从门口吹进来，微有一丝凉意，哦然脱口高吟"天风入罗帏，山影排户闼"。意将古陋的旧门户喻作镶了兽环的朱门，从朱门里隐隐窥见微风拂动的绣帘，而他自己成了高车骏马的公子，偶然去那里伫盼。一会儿门掩了，他才醒过来，原来只有一片山影；也有好事的名流，乘了短轿来这山脚底下，买了一杯黄酒，索笔题词道："湖山第一峰"，遗钞而去，吩咐匠人鸠工勒石；这小山经过了许多品题，如受封禅，乃成为名山。附近的村庄亦改名为某山村。于是，在清明，在重九，远地和近地的，大家像蚂蚁上树般地跑上这小山，"登高"啊，"览胜"啊，把山上的青草踏得一株不留。

有从远僻的山乡来的人望见了这名胜的小山，便呵呵大笑道："这也算是'山'么？这，我们只叫作'鸡头山'，因为只有鸡头大小，或者这因为山上长着很多野生的俗名叫作'鸡头'的草实。说得体面点，便叫作"馒头山''纱帽山''马鞍山'，这也算得'山'么？"双手叉住腰笑弯到地。

好奇的听客便会从他夸张的口里听到他所见的是如何绵亘数百里的大山。摩天的高岭终年住宿着白云，深谷中连飞鸟都会惊坠！那是因为在清潭里照见了它自己的影。嶙峋的怪石像巨灵起卧。野桃自生。不然则出山来的涧水何来这落英的一片？倘使溯流穷源而上，说不定有石扉霍然为你开启呢。但是如果俗虑未清，中途想着妻母，那回首便会迷途了。

"我不喜欢这揣测的臆谈，谁能够相信这桃源的故事？"

于是他描说那跨悬在山腰间的羊肠路。那是只有两尺多宽，是细密的整齐的梯级。一边靠山，一边靠削壁千仞的深壑。望下去黑黙黙的，迷眩的，这深涧底下隐伏着为蛟，为龙，或其他神怪的水族，不得而知。总之万一端了下去，则会跌得像一个烂柿子，有渣无骨头。但是居住山里的人挑了一二百斤的干柴，往来这山道，耳朵沿搁着一朵兰花，一朵山茶，百人中之一二会放上半截纸烟。他们挑着走着谈笑着，如履平地，如行坦途，有时还开个玩笑，在别人的腰边拧一把。

还有人攀援下依附岩上的薜萝，腰间带了一把短刀，去采取名贵的山药，其中有一种叫作"吊兰"的。风从峡谷吹来，身子一荡一荡啊像个钟锤，在厚密的绿叶底下，有时吐出两条火红的蛇的细舌头，或蹿出一个灰褐色的蜥蜴……

听者忘了适才的责备，恍惚身临危岩，岩下是碧澄澄的潭水。仿佛脚下的小径在足底下沉陷，他不敢俯凭，不敢仰视，一手搭住说故事的人的肩膀，如觅得一种扶持，一时找不出话由，道：

"你的家乡便在这深山里么？"

怎地不是。那是榛榛莽莽的山，林叶的荫翳，掩蔽了阳光，倘使在山径的转弯处不用斧头削去一片木皮做个记认，便会迷路。羊齿类高过你一身。绿藤缠绕在幼木上，如同蛇缠了幼儿。藤有右缠的左缠的，若是右缠的，则是百事无忧的征号，很容易找到路，碰到熟人，得好好儿受款待。迷路人倘若遇见左缠的藤，那是碰到鬼了，将寻不到要去的地方。但是你可以把它砍下，拿回家来，便会得了一根极神秘的驱邪的杖。

"关于山间神秘的话我听得许多。我知道妇人用左手打人会使人临到不幸的。则这左缠藤也正是这意义的扩张罢了。但是我想知道别的东西。"

故事又展开了。那是用"近山靠山，近水靠水"的老话开头。山民的取喻每嫌不恰切，故事中拉出枝枝节节来，有如一篇没有结构的文章。他最先说到山间头上簪花的少女，在日出的时候负了竹筐到松林里去扫夜间被山风摇落的松针，积满一筐了，用"篾耙"的柄穿着背了回来。沿途采些"鸡头""毛楂"和不知名的果实，一面在涧水洗净，一面嚼，倘有同伴在她的身旁投下一块小石，溅了她一脸的水，便会挨一顿着实的骂或揪扭起来；在雨天，她们躲在家里，把山里掘来的一种柴根，和水捣成浆，沉淀出略带红色的粉，那是比藕粉还细净的，或是把从棕榈树上剥下来的棕榈，一丝丝地抽出来，打成粗粗细细的绳线。

却说这山中少女，她在每天早晨携了竹筐到松林里去扫夜风摇落的松针，装满一筐便背了回来，沿途采些草实，在溪边洗洗手，一天也不曾间断。她有一天正背了满筐的松针回来的时候，觉得竹筐异常的沉重，便想道：是谁放了石块在里面么？暂时憩憩吧，便靠着竹筐坐下，却永久地坐在那儿了。山间人都说是因为她生得太美丽，被什么山灵或河伯娶去了，她的父

182

母还替她预备了纸制的嫁妆，焚化给她……

"这又是我听到过不止一遍的故事……我颇想知道别的东西。"

你不是轻视幻想的编织么？那么让我选一个实际的故事说给你，只可惜有一个悲惨的收场。你愿意知道山居的人是如何获得每天的粮食和日用品么？狩猎是不行的，鸟兽乐生，不可杀尽；农稼也不行的，高高低低梯级似的田垄，于他们很少兴趣，况且这团团簇簇的高山遮住了阳光，只在中午的时候才晒进来，他们虽则种些番薯、山芋、玉蜀黍、大麦和小麦，但是他们大都靠打柴锯木为生。他在高山上砍得松柯，搁在露天底下一个月两个月，待干黄的时候挑到附近数十里外的村镇，换取一把盐、几枚针、一些细纱布，有时带回一片鲞，一包白糖……

冬天，他们砍下合抱的大树，截成栋梁楹柱的尺寸，大概不会超过一丈六尺或一丈八尺，或则锯成七八分对开的木板，等到明春山洪暴发的时候，顺水流到港口，结成木筏，首尾衔接像一条长蛇，用竹篙撑着，撑到城市的近郊，售给木商运销外埠。

山势陡峻的所在，巨大的木材无法输运，那只好任它自己折断自己腐烂了。但是他们砍取寸许大小的坚木，放在泥土筑成的窑里烧成木炭，这样重量便减轻了四分之三，容易挑到外面来，木炭的销场是很好的。

"你说得又远了。没有指示给我故事的线索。"

是哟！事情便是这样：他们是靠打柴烧炭为生。但是你知道城市里的商人的阴恶和狠心么？他们想尽种种方法，把炭和木板的买价压低，卖价抬高。他们都成了巨富了，还要想出更好的方法，各行家联合起来，霸住板炭的行市。他们不买，让木筏和装炭的竹簰搁在水里，不准他们上岸，说销场坏了，除非你们完全让步。

但是谁都知道这鬼花样啊！

有的让步了。因为他们垫不起伙食费，有的呼号奔走了，但得不到公正的声援，因为吏警官厅都和他们连在一起。山民空着手在城里徜来徜去，望着橱窗里诱惑的东西，一袭夏季妇人穿的拷绸衣，红红绿绿的糖果，若能花了几个子儿带回去给孩子们，那他们多高兴啊。

并且他知道家里缺少一把盐，几升米，那是要用钱去换的。

他们忧郁了。口里也不哼短歌，妒忌地望着大腹便便的木行老板，竟想不出办法。

交易是自由的，不卖由你，不买由他，真是没有话说了。

这里由山村各户凑合成的木筏是系着许多家庭的幸福，纵然他们不致挨饿，他们的幸福的幻梦是被打碎了……

"我希望这木行老板有点良心，他们是够肥了。"

若将怜悯希望在他们的身上，抱那希望的人才是可悯的。可是事情的解决却非常简单，你愿意听我说下去吧。

一天，一位年轻的人随着大家撑着木筏到城里去，正在禁止上岸的当儿。大家议论纷纷想不出主意。这位年轻的人一声不响地在一只角落里用竹片削成一把尺来长的小刀，揣在怀里，跑上岸去，揪出一位大肚皮的木行老板，毫不费力地用竹刀刺进他的肚皮里，听说像刺豆腐一样的爽利，刺进去的时候一点也没有血溅出来，抽回来的时候，满手都是黏腻的了。他跑出城来，在溪边洗手的时候被警吏捉去。

"你说了可怕的故事了。我没有想到你会说出这样吓人的语句，在你说到松林中簪花的少女……那一片美丽和平……你驱走了刚才引起的高山流水的奇观，说桃花瓣从淙淙涧底流出来呢……我懊悔听这故事，但是请你说完。"

官厅在检验凶器的时候颇怀疑竹刀的能力。传犯人来问：

你是持这凶器杀人么？

是的。

这怎么成？

他拿了这竹刀，捏在右手里，伸出左臂，用力向臂上刺去。入肉有两寸深了，差一点不曾透过对面。复抽出这竹刀，掷在地上，鄙夷地望着臂上涔涔的血，说：

便是这样。

大家脸都发青了。当时便没有继续询问。各木板行老板也似乎怵于竹刀的威力，自动派人和他们商定条件，见了他们也不如先前的骄傲。

厚钝的竹片割断了这难解的结。"便是这样"的斩钉截铁的四个字胜于一切的控诉。你说这青年是笨货么？

"这位青年结果如何呢？"

听说刺断动脉后流血过多死了。……否则，他将在暗黑肮脏的牢房里过他壮健的一生。

（选自《陆蠡集》，浙江文艺出版社，1984年版）

灯蛾埋葬之夜

郁达夫

神经衰弱症，大约是因无聊的闲日子过了太多而起的。

对于"生"的厌倦，确是促生这时髦病的一个病根，或者反过来说，如同发烧过后的人在嘴里所感味到的一种空淡，对人生的这一种空淡之感，就是神经衰弱的症候，也是一样。

总之，入夏以来，这症状似乎一天在比一天加重，迁居之后，这病症当然也和我一道地搬了家。

虽然是说不上什么转地疗养，但新搬的这一间小屋，真也有一点田园的野趣。节季是交秋了，往后的这小屋的附近，这文明和蛮荒接界的区间，该是最有声色的时候了。声是秋声，色当然也是秋色。

先让我来说所以要搬到这里来的原委。

不晓在什么时候，被印上了"该隐的印号"之后，平时进出的社会里绝迹不敢去了。当然社会是有许多层的，但那"印号"的解释，似乎也有许多样。

最重要的解释，第一自然是叛逆，在做官是"一切"的国里，这"印号"的政治的解释，本尽可以包括了其他种种。但是也不尽然，最喜欢含糊的人类，有必要的时候，也最喜欢分清。

于是第二个解释来了，似乎是关于"时代"的，曰"落伍"。天南北的两极，只教用得着，也不妨同时并用，这便是现代人的智慧。

来往于两极之间，新旧人同样地可以举用的，是第三个解释，就是所谓悖德。

但是向额上摩摸一下，这"该隐的印号"，原也摩摸不出，更不必说这种种的解释。或者行窃的人自己在心虚，自以为是犯了大罪，因而起这一种叫作被迫的 Complex，也说不定。天下太平，本来是无事的，神经衰弱病者可总免不了自扰。所以断绝交游，抛撇亲串，和地狱底里的精灵一样，不敢现身露迹，只在一阵阴风里独来独往的这种行径，依小德谟克利多斯 Robert Burton 的分析，或者也许是忧郁病的最正确的症候。

因为背上负着的是这么一个十字架，所以一年之内，只学着行云，只学着流水，搬来搬去的尽在搬动。暮春三月底，偶尔在火车窗里，看见了些浅水平桥，垂杨古树，和几群飞不尽的乌鸦，忽然想起的，是这一个也不是城市、也不是乡村的界线地方。租定这间小屋，将几本丛残的旧籍迁移过来的，怕是在五月的初头。而现在却早又是初秋了，时间的飞逝，实在是快得很，真快得很。

小屋的前后左右，除了一条斜穿东西的大道之外，全是些斑驳的空地。一垄一垄的褐色土垄上，种着些秋茄豇豆之类，现在是一棵一棵的棉花也在半吐白蕊的时节了。而最好看的，要推向上包紧，颜色是白里带青，外面有一层毛茸似的白雾，菜茎柄上，也时时呈着紫色的一种外国人叫作 Lettuce 的大叶卷心菜，大约是因为地近上海的缘故吧，纯粹的中国田园，也被外国人的嗜好所侵入了。这一种菜，我来的时候，原是很多的，现在却逐渐逐渐地少了下去。在这些空地中间，如突然想起似的，卑卑立着，散点在那里的，是一间两间的农夫的小屋，形状奇古的几株老柳榆槐，和看了令人不快的许多不落葬的棺材。此外同沟渠似的小河也有，以棺材旧板做成的桥梁也有，忽然一块小方地的中间，种着些颜色鲜艳的草花之类的卖花者的园地也有。简说一句，这里附近的地面，大约可以以江浙平地区中的田园百科大辞典来命名，而在这百科大辞典中，异乎寻常，以一张厚纸，来用淡墨铜版画印成的，要算在我们屋后矗立着的那块本来是由外国人经营的庞大的墓地。

这墓地的历史，我也不大明白，但以从门口起一直排着，直到中心的礼拜堂屋后为止的那两排齐云的洋梧桐树看来，少算算大约也总已有了六十几岁的年纪。

听土著的农人说来，这仿佛是上海开港以来，外国人最先经营的墓地，现在是已经无人来过问了，而在三四十年前头，却也是洋冬至外国清明及礼拜日的沪上洋人的散步之所哩。因为此地离上海，火车不过三四十分钟，来往是极便的。

小屋的租金，每月八元。以这地段说起来，似乎略嫌贵些，但因这样的闲房出租的并不多，而屋前屋后，隙地也有几弓，可以由租户去莳花种菜，所以比较起来，也觉得是在理的价格。尤其是包围在屋的四周的寂静，同在坟墓里似的寂静，是在洋场近处，无论出多少金钱也难买到的。

初搬过来的时候，只同久病初愈的患者一样，日日只伸展了四肢，躺在藤椅子上，书也懒得读，报也不愿看，除腹中饥饿的时候，稍微吃取一点简单的食物而外，破这平平的一日间的单调的，是向晚去田塍野路上行试的一回漫步。在这将落未落的残阳夕照之中，在那些青枝落叶的野菜畦边，一个人背手走着，枯寂的脑里，有时却会汹涌起许多前后不接的断想来。头上的天色老是青青的，身边的暮色也老是沉沉的。

但在这些前后没有脉络的断想的中间，有时也忽然大小脑会完全停止工作。呆呆地立在野田里，同一根枯树似的呆呆直立在那里之后，会什么思想，什么感觉都忘掉，身子也不能动了，血液也仿佛凝住不流似的，全身就如成了所多马（索多玛）城里的盐柱，不消说脑子是完全变作了无波纹无血管的一张扁平的白纸。

漫步回来，有时候也进一点晚餐，有时候简直茶也不喝一口，就爬进床去躺着。室内的设备简陋到了万分，电灯电扇等文明的器具是没有的。月明之夜，睡到夜半醒来的时候，床前的小泥窗口，若晒进了月亮的青练的光儿，那这一夜的睡眠，就不能继续下去了。

不单是有月亮的晚上，就是平常的睡眠，也极容易惊醒。眼睛微微地开着，鼾声是没有的，虽则睡在那里，但感觉却又不完全失去，暗室里的一声一响、虫鼠等的脚步声，以及屋外树上的夜鸟鸣声，都一一会闯进到耳朵里来。若在日里陷入于这一种假睡的时候，则一边睡着，一边周围的行动事物，都会很明细地触进入意识的中间。若周围保住了绝对的安静，什么声响、什么行动都没有的时候，那在这假寐的一刻中，十几年间的事情，就会很明细地、很快地，在一瞬间开展开来。至于乱梦，那更是多了，多得连叙也叙述不清。

我自己也知道是染了神经衰弱症了。这原是七八年来到了夏季必发的老病。

于是就更想静养，更想懒散过去。

今年的夏季，实在并没有什么大热的天气，尤其是在我这一个离群的野寓里。

有一天晚上，天气特别地闷，晚餐后上床去躺了一忽，终觉得睡不着，就又起来，打开了窗户，和她两人坐在天井里候凉。

两人本来是没有什么话好谈，所以只是昂着头在看天上的飞云，和云堆里时时露现出来的一颗两颗的星宿。

一边慢摇着蒲扇，一边这样地默坐在那里，不晓得坐了多久了，室内桌上的一支洋烛，忽而灭了它的芯光。

两人既不愿意动弹，也不愿意看见什么，所以灯光的有无，也毫没有关系，仍旧是默默地坐在黑暗里摇动扇子。

又坐了好久好久，天末似起了凉风，窗帘也动了，天上的云层，飞舞得特别地快。

打算去睡了，就问了一声：

"现在不晓得是什么时候了？"

她立了起来，慢慢走进了室内，走入里边房里去拿火柴去了。

停了一会，我在黑暗里看见了一丝火光和映在这火光周围的一团黑影，及黑影底下的半面她的苍白的脸。

第一支火柴灭了，第二支也灭了，直到了第三支才点旺了洋烛。

洋烛点旺之后，她急急地走了出来，手里却拿着了那个大表，轻轻地说：

"不晓是什么时候了，表上还只有六点多钟呢？"

接过表来，拿近耳边去一听，什么声响也没有。我连这表是在几日前头开过的记忆也想不起来了。

"表停了！"

轻轻地回答了一声，我也消失了睡意，想再在凉风里坐它一刻。但她却又继续着说：

"灯盘上有一只很美的灯蛾死在那里。"

跑进去一看，果然有一只身子淡红、翅翼绿色，比蝴蝶小一点，但全身却肥硕得很的灯蛾横躺在那里。右翅上有一处焦影，触须是烧断了。默看了一分钟，用手指轻轻拨了它几拨，我双目仍旧盯视住这扑灯蛾的美丽的尸身，嘴里却不能自禁地说：

"可怜得很！我们把它去向天井里埋葬了吧！"

点了灯笼，用银针向黑泥松处掘了一个圆穴，把这美丽的尸身埋葬完时，天风加紧了起来，似乎要下大雨的样子。

拴上门户，上床躺下之后，一阵风来，接着如乱石似的雨点，便打上了屋檐。

一面听着雨声，一面我自语似的对她说："霞！明天是该凉快了，我想到上海去看病去。"

一九二八年八月作

（选自1928年9月20日《奔流》第1卷第4期）

鸭窠围的夜

沈从文

　　天快黄昏时落了一阵雪子，不久就停了。天气真冷，在寒气中一切都仿佛结了冰。便是空气，也像快要冻结的样子。我包定的那一只小船，在天空大把撒着雪子时已泊了岸，从桃源县沿河而上这已是第五个夜晚。看情形晚上还会有风有雪，故船泊岸边时便从各处挑选好地方。沿岸除了某一处有片沙岨宜于泊船以外，其余地方全是黛色如屋的大岩石。石头既然那么大，船又那么小，我们都希望寻觅得到一个能做小船风雪屏障，同时要上岸又还方便的处所。凡是可以泊船的地方早已被当地渔船占去了。小船上的水手，把船上下各处撑去，钢钻头敲打着沿岸大石头，发出好听的声音，结果这只小船，还是不能不同许多大小船只一样，在正当泊船处插了篙子，把当作锚头用的石碇抛到沙上去，尽那行将来到的风雪，摊派到这只船上。

　　这地方是个长潭的转折处，两岸是高大壁立千丈的山，山

194

头上长着小小竹子，长年翠色逼人。这时节两山只剩余一抹深黑，赖天空微明为画出一个轮廓。但在黄昏里看来如一种奇迹的，却是两岸高处去水已三十丈上下的吊脚楼。这些房子莫不俨然悬挂在半空中，借着黄昏的余光，还可以把这些稀奇的楼房形体，看得出个大略。这些房子同沿河一切房子有个共通相似处，便是从结构上说来，处处显出对于木材的浪费。房屋既在半山上，不用那么多木料，便不能成为房子吗？半山上也用吊脚楼形式，这形式是必须的吗？然而这条河水的大宗出口是木料，木材比石块还不值价。因此，即或是河水永远长不到处，吊脚楼房子依然存在，似乎也不应当有何惹眼惊奇了。但沿河因为有了这些楼房，长年与流水斗争的水手，寄身船中枯闷成疾的旅行者，以及其他过路人，却有了落脚处了。这些人的疲劳与寂寞是从这些房子中可以一律解除的。地方既好看，也好玩。

河面大小船只泊定后，莫不点了小小的油灯，拉了篷。各个船上皆在后舱烧了火，用铁鼎罐煮红米饭。饭焖熟后，又换锅子熬油，哗地把菜蔬倒进热锅里去。一切齐全了，各人蹲在舱板上三碗五碗把腹中填满后，天已夜了。水手们怕冷怕动的，收拾碗盏后，就莫不在舱板上摊开了被盖，把身体钻进那个预先卷成一筒又冷又湿的硬棉被里去休息。至于那些想喝一杯的，发了烟瘾得靠靠灯，船上烟灰又翻尽了的，或一无所为，只是不甘寂寞，好事好玩想到岸上去烤烤火谈谈天的，便莫不提了桅灯，或燃一段废缆子，摇晃着从船头跳上了岸，从一堆石头间的小路径，爬到半山上吊脚楼房子那边去，找寻自己的熟人，找寻自己的熟地。陌生人自然也有来到这条河中，来到这种吊脚楼房子里的时节，但一到地，在火堆旁小板凳上一坐，便是陌生人，即刻也就可以称为熟人乡亲了。

这河边两岸除了停泊有上下行的大小船只三十左右以外，还有无数在日前趁融雪涨水放下形体大小不一的木筏。较小的木筏，上面供给人住宿过夜的棚子也不见，一到了码头，便各自上岸找住处去了。大一些的木筏呢，则有房屋，有船只，有小小菜园与养猪养鸡栅栏，还有女眷和小孩子。

黑夜占领了全个河面时，还可以看到木筏上的火光，吊脚楼窗口的灯光，以及上岸下船在河岸大石间飘忽动人的火炬红光。这时节岸上船上都有人说话，吊脚楼上且有妇人在黯淡灯光下唱小曲的声音，每次唱完一支小曲时，就有人笑嚷。什么人家吊脚楼下有匹小羊叫，固执而且柔和的声音，使人听来觉得忧郁。我心中想着，"这一定是从别一处牵来的，另外一个地方，那小畜生的母亲，一定也那么固执地鸣着吧。"算算日子，再过十一天便过年了。"小畜生明不明白只能在这个世界上活过十天八天？"明白也罢，不明白也罢，这小畜生是为了过年而赶来，应在这个地方死去的。此后固执而又柔和的声音，将在我耳边永远不会消失。我觉得忧郁起来了。我仿佛触着了这世界上一点东西，看明白了这世界上一点东西，心里软和得很。

但我不能这样子打发这个长夜。我把我的想象，追随了一个唱曲时清中夹沙的妇女声音，到她的身边去了。于是仿佛看到了一个床铺，下面是草荐，上面摊了一床用旧帆布或别的旧货做成脏而又硬的棉被，搁在床正中被单上面的是一个长方木托盘，盘中有一把小茶盏，一个小烟盒，一支烟枪，一块小石头，一盏灯。盘边躺着一个人在烧烟。唱曲子的妇人，或是袖了手捏着自己的膀子站在吃烟者的面前，或是靠在男子对面的床头，为客人烧烟。房子分两进，前面临街，地是土地，后面临河，便是所谓吊脚楼了。这些人房子窗口既一面临河，可以凭了窗口呼喊河下船中人，当船上人过了瘾，胡闹已够，下船时，或者尚有些事情嘱托，或有其他原因，一个晃着火炬停顿在大石间，一个便凭立在窗口，"大老你记着，船下行时又来。""好，我来的，我记着的。""你见了顺顺就说：会呢，完了；孩子大牛呢，脚膝骨好了。细粉带三斤，冰糖或片糖带三斤。""记得到，记得到，大娘你放心，我见了顺顺大爷就说：会呢，完了。大牛呢，好了。细粉来三斤，冰糖来三斤。""杨氏，杨氏，一共四吊七，莫错账！""是的，放心呵，你说四吊七就四吊七，年三十夜莫会要你多的！你自己记着就是了！"这样那样地说着，我一一都可听到，而且一面还可以听着在黑暗中某一处咩咩的羊鸣。我明白这些回船的人是上岸吃过"荤烟"了的。

　　我还估计得出，这些人不吃"荤烟"，上岸时只去烤烤火的，到了那些屋子里时，便多数只在临街那一面铺子里。这时节天气太冷，大门必已上好了，屋里一隅或点了小小油灯，屋中土地上必就地掘了浅凹火炉膛，烧了些树根柴块。火光煜煜，且时时刻刻爆炸着一种难于形容的声音。火旁矮板凳上坐有船上人，木筏上人，有对河住家的熟人。且有虽为天所厌弃还不自弃年过七十的老妇人，闭着眼睛蜷成一团蹲在火边，悄悄地从大袖筒里取出一片薯干或一枚红枣，塞到嘴里去咀嚼。有穿着肮脏身体瘦弱的孩子，手擦着眼睛傍着火旁的母亲打盹。屋主人有为退伍的老军人，有翻船背运的老水手，有单身寡妇。借着火光灯光，可以看得出这屋中的大略情形，三堵木板壁上，一面必有个供奉祖宗的神龛，神龛下空处或另一面，必贴了一些大小不一的红白名片。这些名片倘若有哪些好事者加以注意，用小油灯照着，去仔细检查检查，便可以发现许多动人的名衔，军队上的连附、上士、一等兵，商号中的管事，当地的团总、保正、催租吏，以及照例姓滕的船主，洪江的木排商人，与其他各行各业人物，无所不有。这是近一二十年来经过此地若干人中一小部分的题名录。这些人各用一种不同的生活，来到这个地方，且同样地来到这些屋子里，坐在火边或靠近床边，逗留过若干时间。这些人离开了此地后，在另一世界里还是继续活下去，但除了同自己的生活圈子中人发生关系以外，与一同在这个世界上其他的人，却仿佛便毫无关系可言了。他们如今也许早已死掉了；水淹死的，枪打死的，被外妻用砒霜谋杀的，然而这些名片却依然将好好地保留下去。也许有些人已成了富人名人，成了当地的小军阀，这些名片却仍然写着催租人、上士等的衔头。……除了这些名片，那屋子里是不是还有比它更引人注意的东西呢？锯子、小捞兜、香烟大画片、装干栗子的口袋……

提起这些问题使人心中很激动。我到船头上去眺望了一阵。河面静静的，木筏上火光小了，船上的灯光已很少了，远近一切只能借着水面微光看出个大略情形。另外一处的吊脚楼上，又有了妇人唱小曲的声音，灯光摇摇不定，且有猜拳声音。我估计那些灯光同声音所在处，不是木筏上的簰头在取乐，就是水手们小商人在喝酒。妇人手指上说不定还戴了水手特别为从常德府捎带来的镀金戒指，一面唱曲一面把那只手理着鬓角，多动人的一幅画图！我认识他们的哀乐，这一切我也有份。看他们在那里把每个日子打发下去，也是眼泪也是笑，离我虽那么远，同时又与我那么相近。这正同读一篇描写西伯利亚的农人生活动人作品一样，使人掩卷引起无言的哀戚。我如今只用想象去领味这些人生活的表面姿态，却用过去一分经验，接触着了这种人的灵魂。

羊还固执地鸣着。远处不知什么地方有锣鼓声音，那一定是某个人家禳土酬神还愿巫师的锣鼓。声音所在处必有火燎与九品蜡照耀争辉。炫目火光下必有头包红布的老巫师独立做旋风舞，门上架上有黄钱，平地有装满了谷米的平斗。有新宰的猪羊伏在木架上，头上插着小小五色纸旗。有行将为巫师用口把头咬下的活生公鸡，缚了双脚与翼翅，在土坛边无可奈何地躺卧。主人锅灶边则热了满锅猪血稀粥，灶中正火光熊熊。

邻近一只大船上，水手们已静静地睡下了，只剩余一个人吸着烟，且时时刻刻把烟管敲着船舷。也像听着吊脚楼的声音，为那点声音所激动，引起种种联想，忽然按捺自己不住了，只听到他轻轻地骂着野话，擦了支自来火，点上一段废缆，跳上岸往吊脚楼那里去了。他在岸上大石间走动时，火光便从船篷空处漏进我的船中。也是同样的情形吧，在一只装载棉军服向上行驶的船上，泊到同样的岸边，船在成束成捆的军服上面，夜既太长，水手们爱玩牌的各蹲坐在舱板上小油灯光下玩天九，睡既不成，便胡乱穿了两套棉军服，空手上岸，借着石块间还未融尽残雪返照的微光，一直向高岸上有灯光处走去。到了街上，除了从人家门罅里露出的灯光成一条长线横卧着，此外一无所有。在计算中以为应可见到的小摊上成堆的花生，用哈德门长烟盒装着干瘪瘪的小橘子，切成小方块的片糖，以及在灯光下看守摊子把眉毛扯得极细的妇人（这些妇人无事可做时还会在灯光下做点针线的），如今什么也没有。既不敢冒昧闯进一个人家里面去，便只好又回转河边船上了。但上山时向灯光凝聚处走去，方向不会错误。下河时可糟了。糊糊涂涂在大石小石间走了许久，且大声喊着，才走近自己所坐的一只船。上船时，两脚全是泥，刚攀上船舷还不及脱鞋落舱，就有人在棉被中大喊："伙计哥子们，脱鞋呀！"把鞋脱了还不即睡，便镶到水手身旁去看牌，一直看到半夜——十五年前自己的事，在这样地方温习起来，使人对于命运感到十分惊异。我懂得那个忽然独自跑上岸去的人，为什么上去的理由！

等了一会，邻船上那人还不回到他自己的船上来，我明白他所得的必比我多了一些。我想听听他回来时，是不是也像别的船上人，有一个妇人在吊脚楼窗口喊叫他。许多人都陆续回到船上了，这人却没有下船。我记起"柏子"。但是，同样是水上人，一个那么快乐地赶到岸上去，一个却是那么寂寞地跟着别人后面走上岸去，到了那些地方，情形不会同柏子一样，也是很显然的事了。

为了想听听那个人上船时那点推篷声音，我打算着，在一切声音全已安静时，我仍然不能睡觉，我等待那点声音。大约到午夜十二点，水面上却起了另外一种声音。仿佛鼓声，也仿佛汽油船马达转动声，声音慢慢地近了，可是慢慢地又远了。像是一个有魔力的歌唱，单纯到不可比方，也便是那种固执的单调，以及单调的延长，使一个身临其境的人，想用一组文字去捕捉那点声音，以及捕捉在那条长潭深夜一个人为那声音所迷惑时节的心情，实近于一种徒劳无功的努力。那点声音使我不得不再从那个业已用被单塞好空罅的舱门，到船头去搜索它的来源。河面一片红光，古怪声音也就从红光一面掠水而来。原来日里隐藏在大岩下的一些小渔船，在半夜前早已静悄悄地下了拦江网。到了半夜，把一个从船头伸在水面的铁兜，盛上燃着熊熊烈火的油柴，一面用木棒槌有节奏地敲着船舷各处漂去。身在水中见了火光而来与受了柝声吃惊四窜的鱼类，便在这种情形中触了网，成为渔人的俘虏。当地人把这种捕鱼方法叫"赶白"。

一切光，一切声音，到这时节已为黑夜所抚慰而安静了，只有水面上那一分红光与那一派声音。那种声音与光明，正为着水中的鱼和水面的渔人生存的搏战，已在这河面上存在了若干年，且将在接连而来的每个夜晚依然继续存在。我弄明白了，回到舱中以后，依然默听着那个单调的声音。我所看到的仿佛是一种原始人与自然战争的情景。那声音，那火光，都近于原始人类的战争，把我带回到四五千年那个"过去"时间里去。

不知在什么时候开始落了很大的雪，听船上人细语着，我心想，第二天我一定可以看到邻船上那个人上船时节，在岸边雪地上留下那一行足迹。那寂寞的足迹，事实上我却不曾见到，因为第二天到我醒来时，小船已离开那个泊船处很远了。

（选自《沈从文文集》第九卷，花城出版社、

生活·读书·新知三联书店香港分店，1984年版）

白浪街

贾平凹

丹江流经竹林关，向东南而去，便进入了商南县境。一百十一里到徐家店，九十里到梳洗楼，五里到月亮湾，再一十八里拐出沿江第四个大湾川到荆紫关、淅川、内乡、均县、老河口。汪汪洋洋九百九十里水路，山高月小，水落石出。船只是不少的，都窄小窄小，又极少有桅杆竖立，偶尔有的，也从不见有帆扯起来。因为水流湍急，顺江而下，只需把舵，不用划桨，便半天一晌，"轻舟已过万重山"了。假若从龙驹寨到河南西峡走的是旱路，处处古关驿站，至今那些地方旧名依故，仍是武关、大岭关、双石关、马家驿、林河驿等。而老河口至龙驹寨，则水滩多甚，险峻而可名的竟达一百三十之处！江边石崖上，低头便见纤绳磨出的石渠和纤夫脚踩的石窝；虽然山根石皮上的一座座镇河神塔都差不多坍了半截，或只留有一堆砖石，那夕阳里依稀可见苍苔缀满了那石壁上的"远源长流"

字样。一条江上，上有一座"平浪宫"在龙驹寨，下有一座"平浪宫"在荆紫关，一样的纯木结构，一样的雕梁画栋；破除迷信，虽然再也看不到船船供养着小白蛇，进"平浪宫"去香火不绝，三磕六拜，但在弄潮人的心上，龙驹寨、荆紫关是最神圣的地方。那些上了年纪的船公，每每摸弄着五指分开的大脚，就要夸说："想当年，我和你爷从龙驹寨运苍术、五倍子、木耳、漆油到荆紫关，从荆紫关运火纸、黄表、白糖、苏木到龙驹寨，那是什么情景！你到过龙驹寨吗？到过荆紫关吗？荆紫关到了商州的边缘，可是繁华地面呢！"

荆紫关确是商州的边缘，确是繁华的地面；似乎这一切全是为商州天造地设的，一闪进关，江面十分开阔，黄昏里平川地里虽不大见孤烟直长的景象，落日在长河里却是异常的圆。初来乍到，认识论为之改变：商州有这么大天地！但江东荆紫关，关内关外住满河南人，江西村村相连，管道纵横，却是河南、湖北口音，唯有到了山根下一条叫白浪的小河南岸街上，才略略听到一些秦腔呢。

这街是白浪街，小极小极的。这头看不到那头，走过去，似乎并不感觉这是条街道，只是两排屋舍对面开门，门一律装板门罢了。这里最崇尚的颜色是黑白：门窗用土漆刷黑，凝重、锃亮俨然如铁门钢窗，家里的一切家什，大到柜子、箱子，小到罐子、盆子，土漆使其光明如镜，到了正午，你一人在家，家里四面八方都是你。日子富裕的，墙壁要用白灰搪抹，即使再贫再寒，那屋脊一定是白灰抹的，这是江边人对小白蛇（白龙）信奉的象征，每每太阳升起空间一片迷离之时，远远看那山根，村舍不甚清楚，那错错落落的屋脊就明显出对等的白直线段。烧柴成了这里致命的弱点，节柴灶就风云全街，每一家一进门就是一个砖砌的双锅灶，粗大的烟囱，如"人"字立在灶上，灶门是黑，烟囱是白。黑白在这里和谐统一，黑白使这里显示着亮色。即使白浪河，其实并无波浪，更无白色，只是人仍对这一条浅浅的满河黑色碎石的沙河理想而已。

街十分的单薄，两排房子，北边的沿河堤筑起，南边的房后就一片田地，一直到山根。数来数去，组成这街的是四十二间房子，一分为二，北二十一间，南二十一间，北边的斜着而上，南边的斜着而下。街道三步宽，中间却要流一道溪水，一半用石条棚了，一半没有棚，清清亮亮，无声无息，夜里也听不到响动，只是一道星月。街里九棵柳树，弯腰扭身，一副媚态。风一吹，万千柔枝，一会打在北边木板门上，一会刷在南边方格窗上，东西南北风向，在街上是无法以树判断的。九棵柳中，位置最中的，身腰最弯的，年龄最古老而空了心的是一棵垂柳。典型的粗和细的结合体，桩如桶，枝如丝。树下就仄卧着一块无规无则之怪石。既伤于观赏，又碍于街面。但谁不能去动它，那简直是这条街的街徽，重大的集会，这石上是主席台，重要的布告，这石上的树身是张贴栏，就是民事的纠纷，起咒发誓，也只能站在石前。

就是这条白浪街，陕西、河南、湖北三省在这里相交，三省交结，界牌就是这一块仄石。小小的仄石竟如泰山一样举足轻重，神圣不可侵犯。以这怪石东西直线上下，南边的是湖北地面，以这怪石南北直线上下，北边的街，上是陕西，下是河南。因为街道不直，所以街西头一家，三间上屋属湖北，院子却属陕西。据说解放以前，地界清楚，人居杂乱，湖北人住在陕西地上，年年给陕西纳粮，陕西人住在河南地上，年年给河南纳粮。如今人随地走，那世世代代杂居的人就只得改其籍贯了。但若查起籍贯，陕西的为白浪大队，河南的为白浪大队，湖北的也为白浪大队，大凡找白浪某某之人，一定需要强调某某省名方可。

一条街上分为三省，三省人是三省人的容貌，三省人是三省人的语言，三省人是三省人的商店。如此不到半里路的街面，商店三座，座座都是楼房。人有竞争的秉性，所以各显其能，各表其功，先是陕西商店推倒土屋，一砖到顶修起十多间一座商厅，后就是河南弃旧翻新堆起两层木石结构楼房，再就是湖北人一下子发奋起四层水泥建筑。货物也一家胜过一家，比来比去，各有长短，陕西的棉纺织品最为赢，湖北以百货齐全取胜，河南挖空心思，则常常以供应短缺品压倒一切。地势造成了竞争的局面，竞争促进了地势的繁荣，就是这弹丸之地，成了这偌大的平川地带最热闹的地方。每天这里人打着旋涡，四十二户人家，家家都做生意，门窗全然打开，办有饭店、旅店、酒店、肉店、烟店。那些附近的生意人也就担筐背篓，也要摆摊，天不明就来占却地点，天黑严才收摊而回，有的则以石围圈，或夜不归宿，披被守地。别处买不到的东西，到这里可以买，别处见不到的东西，到这里可以见。"小香港"的名声就不胫而走了。

三省人在这里混居，他们都是炎黄的子孙，都受共产党的领导，但是，每一省都不愿意失自己的省风省俗，顽强地表现各自特点。他们有他们不同于别人的长处，他们也有他们不同于别人的短处。

湖北人在这里人数最多。"天有九头鸟，地有湖北佬"，他们待人和气，处事机灵。新开的饭店餐具干净，桌椅整洁，即使家境再穷，那男人卫生帽一定是雪白雪白，那女人的头上一定是纹丝不乱。若是有客稍稍在门口向里一张望，就热情出迎，介绍饭菜，帮拿行李，你不得不进去吃喝，似乎你不是来给他"送"钱的，倒是来享他的福的。在一张八仙桌前坐下，先喝茶，再吸烟，问起这白浪街的历史，他一边叮叮当当刀随案板响，一边说了三朝，道了五代。又问起这街上人家，他会说了东头李家是几口男几口女，讲了西头刘家有几只鸡几头猪；忍不住又自夸这里男人义气，女人好看。或许一声呐喊，对门的窗子里就探出一个俊脸儿，说是其姐在县上剧团，其妹的照片在县照相馆橱窗里放大了尺二，说这姑娘好不，应声好，就说这姑娘从不刷牙，牙比玉白，长年下田，腰身细软。要问起这儿特产，那更是天花乱坠，说这里的火纸，吃水烟一吹就着；说这里的瓷盘从汉口运来，光洁如玻璃片，结实得落地不碎，就是碎了，碎片儿刮汗毛比刀子还利；说这里的老鼠药特好功效，小老鼠吃了顺地倒，大老鼠吃了跳三跳，末了还是顺地倒。说的时候就拿出货来，当场推销。一顿饭毕，客饱肚满载而去，桌面上就留下七元八元的，主人一边端着残茶出来顺门泼了，一边低头还在说：照看不好，包涵包涵。他们的生意竟扩张起来，丹江对岸的荆紫关码头街上有他们的"租地"，虽然仍是小摊生意，天才的演说使他们大获暴利，似乎他们的大力丸，轻可以治痒，重可以防癌，人吃了有牛的力气，牛吃了有猪的肥膘，似乎那代售的避孕片，只要和在水里，人喝了不再多生，狗喝了不再下崽，浇麦麦不结穗，浇树树不开花。一张嘴使他们财源茂盛，财源茂盛使他们的嘴从不受亏，常常三个指头擎饭碗，将面条高挑过鼻，沿街吸吸溜溜地吃。他们是三省之中最富有的公民。

河南人则以能干闻名，他们勤苦而不恋家，强悍却又狡狯。靠山吃山，靠水吃水，大人小孩没有不会水性的。每三日五日，结伙成群，背了七八个汽车内胎逆江而上，在五十里、六十里的地方去买柴买油桐籽。柴是一分钱二斤，油桐籽是四角钱一斤。收齐了，就在江边啃了干粮，喝了生水，憋足力气吹圆内胎，便扎柴排顺江漂下。一整天里，柴排上就是他们的家，丈夫坐在排头，妻子坐在排尾，孩子坐在中间，夏天里江水暴溢，大浪滔滔，那柴排可接连三个、四个，一家几口全只穿短裤，一身紫铜的颜色，在阳光下闪亮，柴排忽上忽下，好一个气派！

到了春天，江水平缓，过姚家湾、梁家湾、马家堡、界牌滩，看两岸静峰屑屑，赏山峰林木森森，江心的浪花雪白，崖下的深潭黝黑。遇见浅滩，就跳下水去连推带拉，排下湍流，又手忙脚乱，偶尔排撞在礁石上，将孩子弹落水中，父母并不惊慌，排依然在走，孩子眨眼间冒出水来，又跳上排中。到了最平稳之处，清风徐来，水波不兴，一家人就仰躺排上，看天上水纹一样的云，看地下云纹一样的水，醒悟云和水是一个东西，只是一个有鸟一个有鱼而区别天和地了。每到一湾，湾里都有人家，江边有洗衣的女人，免不了评头论足，唱起野蛮而优美的歌子，惹得江边女子掷石大骂，他们倒乐得快活，从怀里掏出酒来，大声猜拳，有喝到六成七成，自觉高级干部的轿车也未必比柴排平稳，自觉天上神仙也未必比他们自在。每到一个大湾的渡口，那里总停有渡船，无人过渡，船公在那里翻衣捉虱，就要喊一声："别让一个溜掉！"满江笑声。月到江心，柴排靠岸，连夜去荆紫关拍卖了，柴是一斤二分，油桐籽五角一斤，三天辛苦，挣得一大把票子，酒也有了，肉也有了，过一个时期"吃饱了，喝胀了"的富豪日子。一等家里又空了，就又逆江进山。他们的口福永远不能受损，他们的力气也是永远使用不竭。精打细算与他们无缘，钱来得快，去得快，大起大落的性格使他们的生活大喜大悲。

陕西人，固有的风格使他们永远处于一种中不溜儿的地位。勤劳是他们的本分，保守是他们的性格。拙于口才，做生意总是亏本，出远门不习惯，只有小打小闹。对河南、湖北人的大吃大喝，他们并不馋眼，看见河南、湖北人的大苦大累反倒相讥。他们是真正的安分农民，长年在土坷里劳作。土地包产到户后，地里的活一旦做完，唯一油盐酱醋的零花钱来源是打些麻绳了。走进每一家，门道里都安有拧绳车子，婆娘们盘腿而坐，一手摇车把，一手加草，一抖一抖的，车轮转得是一个虚的圆团，车轴杆的单股草绳就发疯似的肿大，再就是男子们在院子里开始合绳：十股八股单绳拉直，两边一起上劲，长绳就抖得眼花缭乱，白天里，日光在上边跳，夜晚里，月光在上边碎，然后四股台一条，如长蛇一样扔满了一地。一条绳交给国家收购站，钱是赚不了几分，但他们个个身宽体胖，又年高寿长。河南人、湖北人请教养身之道，回答是：不研究行情，夜里睡得香，心便宽；不心重赚钱，茶饭不好，却吃得及时，便自然体胖。河南、湖北人自然看不上这养身之道，但极愿意与陕西人相处,因为他们极其厚道,街前街后的树多是他们栽植,道路多是他们修铺,他们注意文化,晚辈里多是高中毕业生,能画中堂上的老虎,能写门框上的对联,清夜月下,悠悠有吹箫弹琴的,必是陕西人氏。"宁叫人亏我,不叫我亏人",因而多少年来,公安人员的摩托车始终未在陕西人家的门前停过。

三省人如此不同,但却和谐地统一在这条街上。地域的限制,使他们不可能分裂仇恨,他们各自保持着本省的尊严,但团结友爱却是他们共同的追求。街中的一条溪水,利用起来,在街东头修起闸门,水分三股,三股水打起三个水轮,一是湖北人用来带动压面机,一是河南人用来带动轧花机,一是陕西人用来带动磨面机。每到夏天傍晚,当街那棵垂柳下就安起一张小桌打扑克,一张桌坐了三省,代表各是两人,轮换交替,围着观看却是一切老老少少,当然有输有赢,友谊第一,比赛第二。月月有节,正月十五,二月初二,五月端午,八月中秋,再是腊月初八,大年三十,陕西商店给所有人供应鸡蛋,湖北商店给所有人供应白糖,河南就又是粉条,又是烟酒。票证在这里无用,后门在这里失去环境。即使在"文化革命"中,各省枪声炮声一片,这条街上风平浪静;陕西境内一乱,陕西人就跑到湖北境内,湖北境内一乱,湖北人就跑到河南境内。他们各是各的避风港,各是各的保护人。各家妇女,最拿手的是各省的烹调,但又能做得两省的饭菜。孩子们地道的是本省语言，却又能精通两省的方言土语。任何一家盖房子，所有人都来"送菜"，送菜者，并不仅仅送菜，有肉的拿肉，有酒的提酒，来者对于主人都是帮工，主人对待帮工都是至客；一间新房便将三省人扭和在一起了。一家姑娘出嫁，三省人来送"汤"，一家儿子结婚，新娘子三省沿家磕头作拜。街中有一家陕西人，姓荆，六十三岁，长身长脸，女儿八个，八个女儿三个嫁河南，三个嫁湖北，两个留陕西，人称"三省总督"。老荆五十八岁开始过寿日，寿日时女儿、女婿都来，一家人南腔北调语音不同，酸辣咸甜口味有别，一家热闹，三省快乐。

　　一条白浪街，成为三省边街，三省的省长他们没有见过，三县的县长也从未到过这里，但他们各自不仅熟知本省，更熟知别省。街上有三份报纸，流传阅读，一家报上登了不正之风的罪恶，秦人骂"瞎尻"，楚人骂"抄蛋"，豫人骂"狗球"；一家报上刊了振兴新闻，秦人说"嫽"，楚人叫"美"，豫人喊"中"。山高皇帝远，报纸却使他们离政策近。只是可惜他们很少有戏看，陕西人首先搭起戏班子，湖北人也参加，河南人也参加，演秦腔，演豫剧，演汉调。条件差，一把二胡演过《血泪仇》，广告色涂脸演过《梁秋燕》，以豆腐包披肩演过《智取威虎山》，越闹越大，《于无声处》的现代戏也演，《春草闯堂》的古典戏也演。那戏台就在白浪河边，看客人山人海，一场戏，是丹江岸边的大集合，是三省人的大检阅，是白浪街最红火最盛大的节日。一时间，演员成了这里的头面人物，每每过年，这里兴送对联，大家联合给演员家送对联，送的人庄重，被送的人更珍贵，对联就一直保存一年，完好无缺。那戏台两边的对联，字字斗般大小，先是以红纸贴成，后就以红漆直接在戏台上书写，一边是"丹江有船三日过五县"，一边是"白浪无波一石踏三省"，横额是"天时地利人和"。

一九八三年四月三日，静虚村

（选自《平凹游记选》，陕西人民美术出版社，1986年版）

秦腔

贾平凹

　　山川不同，便风俗区别；风俗区别，便戏剧存异。普天之下人不同貌，剧不同腔；京、豫、晋、越、黄梅、二黄、四川高腔，几十种品类。或问：历史最悠久者，文武最正经者，是非最汹汹者？曰：秦腔也。正如长处和短处一样突出便见其风格，对待秦腔，爱者便爱得要死，恶者便恶得要命。外地人——尤其是自夸于长江流域的纤秀之士——最害怕秦腔的震撼。评论说得婉转的是：唱得有劲；说得直率的是：大喊大叫。于是，便有柔弱女子，常在戏台下以绒堵耳；又或在平日教训某人：你要不怎么怎么样，今晚让你去看秦腔！秦腔成了惩罚的代名词。所以，别的剧种可以各省走动，唯秦腔则如秦人一样，死不离窝。严重的乡土观念，也使其离不了窝。可能还在西北几个地方变腔走调地有些市场，却绝对冲不出往东南而去的潼关呢。

但是，几百年来，秦腔却没有被淘汰、被沉沦，这使多少人有大惑而不得其解。其解是有的，就在陕西这块土地上。如果是一个南方人，坐车轰轰隆隆往北走，渡过黄河，进入西岸，八百里秦川大地，原来竟是：一抹黄褐的平原；辽阔的地平线上，一处一处用木椽夹打成一尺多宽墙的土屋，粗笨而庄重；冲天而起的白杨、苦楝、紫槐，枝杆粗壮如桶，叶却小似铜钱，迎风正反翻覆。你立即就会明白了：这里的地理构造竟与秦腔的旋律惟妙惟肖地一统！再去接触一下秦人吧，活脱脱的一群秦始皇兵马俑的复出：高个，浓眉，眼和眼间隔略远，手和脚一样粗大，上身又稍稍见长于下身。当他们背着沉重的三角形状的犁铧，赶着山包一样团块组合式的秦川公牛，端着脑袋般大小的耀州瓷碗，蹲在立的卧的石碌子碌碡上吃着牛肉泡馍，你不禁又要改变起世界观了：啊，这是块多么空旷而实在的土地，在这块土地摸爬滚打的人群是多么"二愣"的民众！那晚霞烧起的黄昏里，落日在地平线上欲去不去的痛苦的妊娠，五里一村，十里一镇，高音喇叭里传播的秦腔互相交织、冲撞。这秦腔原来是秦川的天籁、地籁、人籁的共鸣啊！于此，你不渐渐感觉到了南方戏剧的秀而无骨吗？不深深地懂得秦腔为什么形成和存在而占却时间、空间的位置吗？

八百里秦川，以西安为界，咸阳、兴平、武功、周至、凤翔、长武、岐山、宝鸡，两个专区几十个县为西府；三原、泾阳、高陵、户县、合阳、大荔、韩城、白水，一个专区十几个县为东府。秦腔，就源于西府。在西府，民性敦厚，说话多用去声，一律咬字沉重，对话如吵架一样，哭丧又一呼三叹，呼喊远人更是特殊：前声拖十二分的长，末了方极快地道出内容。声韵的发展，使会远道喊人的人都从此有了唱秦腔的天才。老一辈的能唱，小一辈的能唱；男的能唱，女的能唱；唱秦腔成了做人最体面的事。任何一个乡下男女，只有唱秦腔，才有出人头地的可能。大凡有出息的，是个人才的，哪一个何曾未登过台，起码不能哼一阵秦腔呢？！

农民是世上最劳苦的人，尤其是在这块平原上，生时落草在黄土炕上，死了被埋在黄土堆下；秦腔是他们大苦中的大乐。当老牛木犁疙瘩绳，在田野已经累得筋疲力尽，立在犁沟里大喊大叫来一段秦腔，那心胸肺腑、关关节节的困乏便一尽儿涤荡净了。秦腔与他们，是和"西凤"白酒、长线辣子、大叶卷烟、牛肉泡馍一样成为生命的五大要素。若与那些年长的农民聊起来，他们想象的伟大的共产主义生活，首先便是这五大要素。他们有的是吃不完的粮食，他们缺的是高超的艺术享受。他们教育自己的子女，不会是那些文豪们讲的，幼年不是祖母讲着动人的迷离的童话，而是一字一板传授着秦腔。他们大都不识字，但却出奇地能一本一本整套背诵出剧本，虽然那常常是之乎者也的字眼从那一圈胡子的嘴里吐出来十分别扭。有了秦腔，生活便有了乐趣，高兴了，唱"快板"，高兴得被烈性炸药炸了一样，要把整个身心粉碎在天空！痛苦了，唱"慢板"，揪心裂肠的唱腔却表现了多么有情有味的美来，美给了别人的享受，美也熨平了自己心中愁苦的皱纹。当他们在收获时节的土场上，在月挂中天的庄院里，大吼大叫唱起来的时候，那种难以想象的狂喜、激动、雄壮，与那些献身于诗歌的文人，与那些有吃有穿却总感空虚的都市人相比，常说的什么伟大而痛苦的爱情，是多么渺小、有限和虚弱啊！

我曾经在西府走动了两个秋冬，所到之处，村村都有戏班，人人都会清唱。在黎明或者黄昏的时分，一个人独独地到田野里去，远远看着天幕下一个一个山包一样隆起的十三个朝代帝王的陵墓，细细辨认着田埂上、荒草中那一截一截汉唐时期石碑上的残字，高高的土屋上的窗口里就飘出一阵冗长的二胡声，几声雄壮的秦腔叫板，我就痴呆了，感觉到那村口的土尘里，一头叫驴的打滚是那么有力；猛然发现了自己心胸中一股强硬的气魄随同着胳膊上的肌肉疙瘩一起产生了。

每到农闲的夜里，村里就常听到几声锣响：戏班排演开始了。演员们都集合起来，到那古寺庙里去。吹、拉、弹、奏、翻、打、念、唱，提袍甩袖，吹胡瞪眼，古寺庙成了古今真乐府，天地大梨园。导演是老一辈演员，享有绝对权威；演员是一家几口，夫妻同台，父子同台，公公儿媳也同台。按秦川的风俗：父和子不能不有其序，爷和孙却可以无道；弟与哥嫂可以嬉闹无常，兄与弟媳则无正事不能多言。但是，一到台上，秦腔面前人人平等，兄可以拜弟媳为帅为将，子可以将老父绳绑索捆。

寺庙里有窗无扇，屋梁上蛛丝结网；夏天蚊虫飞来，成团成团在头上旋转，熏蚊草就墙角燃起，一声唱腔一声咳嗽。冬天里四面透风，柳木疙瘩火当中架起，一出场一脸正经，一下场凑近火堆，热了前怀，凉了后背。排演到什么时候，什么时候都有观众，有抱着二尺长的烟袋的老者，有凳子高、桌子高趴满窗台的孩子。庙里一个跟斗未翻起，窗外就哇的一声叫倒号，演员出来骂一声：谁说不好的滚蛋！他们抓住窗台死不滚去，倒要连声讨好：翻得好！翻得好！更有殷勤的，跑回来偷拿了红薯、土豆，在火堆里煨熟给演员做夜餐，赚得进屋里有一个安全位置。排演到三更鸡叫，月儿偏西，演员们散了，孩子们还围了火堆弯腰踢腿，学那一招一式。

一出戏排成了，一人传出，全村振奋，扳着指头盼那上演日期。一年十二个月，正月元宵日，二月龙抬头，三月三，四月四，五月初五过端午，六月六日晒丝绸，七月过半，八月中秋，九月初九……十月一日，再是那腊月五豆，腊八，二十三……月月有节，三月一会，那戏必是上演的。戏台是全村人的共同的事业，宁肯少吃少穿也要筹资积款，买上好的木石，请高强的工匠来修筑。村子富不富，就比这戏台阔不阔。一演出，半下午人就扛凳子去占地位了；未等戏开，台下坐的、站的人头攒拥，台两边阶上立的、卧的是一群顽童。那锣鼓就叮叮咣咣地闹台，似乎整个世界要天翻地覆了。各类小吃趁机摆开，一个食摊上一盏马灯，花生、瓜子、糖果、烟卷、油茶、麻花、烧鸡、煎饼，长一声短一声叫卖不绝。锣鼓还在一声儿敲打，大幕只是不拉，演员偶尔从幕边往下望望，下边就喊：开演呀，场子都满了！幕布放下，只说就要出场了，却又叮叮咣咣不停。台下就乱了，后边的喊前边的坐下，前边的喊后边的为什么不说最前边的立着；场外的大声叫着亲朋子女名字，问有坐处没有，场内的锐声回应快进来；有要吃煎饼的喊熟人去买一个，熟人买了站在场外一扬手，"日"的一声隔人头甩去，不偏不倚目标正好；左边的喊右边的踩了他的脚，右边的叫左边的挤了他的腰，一个说：狗年快完了，你还叫啥哩？一个说：猪年还没到，你便拱开了！言语伤人，动了手脚；外边的趁机而入，一时四边向里挤，里边向外抗。人的旋涡涌起，如四月的麦田起风，根儿不动，头身一会儿倒西，一会儿倒东；喊声、骂声、哭声一片。有拼命挤将出来的，一出来方觉世界偌大，身体胖肿，但差不多却光了脚，乱了头发。大幕又一挑，站出戏班头儿，大声叫喊要维持秩序，立即就跳出一个两个所谓"二杆子"人物来。这类人物多是头脑简单、四肢发达，却十二分忠诚于秦腔，此时便拿了树条儿，哪里人挤，往哪里打去，如凶神恶煞一般。人人恨骂这些人，人人又都盼有这些人，叫他们是秦腔宪兵。宪兵者越发忠于职责，虽然彻夜不得看戏，但大家一夜满足了，他们也就满足了一夜。

终于台上锣鼓停了，大幕拉开，角色出场。但不管男的女的，出来偏不面对观众，一律背身掩面，女的就碎步后移，水上漂一样，台下就叫：瞧那腰身，那肩头，一身的戏哟！是男的就摇那帽翎，一会双摇，一会单摇，一边上下飞闪，一边纹丝不动，台下便叫：绝了，绝了！等到那角色儿猛一转身，头一高扬，一声高叫，声如炸雷豁啷啷直从人们头顶碾过，全场一个冷战，从头到脚，每一个手指尖儿，每一根头发梢儿都麻酥酥的了。如果是演《救裴生》，那慧娘站在台中往下蹲，慢慢地，慢慢地，慧娘蹲下去了，全场人头也矮下去了半尺；等那慧娘往起站，慢慢地，慢慢地，慧娘站起来了，全场人的脖子也全拉长了起来。他们不喜欢看生戏，最欢迎看熟戏，那一腔一调都晓得，哪个演员唱得好，就摇头晃脑跟着唱，哪个演员走了调，台下就有人要纠正。说穿了，看秦腔不为求新鲜。他们只图过过瘾。

在这样的地方，这样的环境，这样的气氛，面对着这样的观众，秦腔是最逞能的。它的艺术的享受，是和拥挤而存在，是有力气而获得的。如果是冬天，那风在刮着，像刀子一样，如果是夏天，人窝里热得如蒸笼一般，但只要不是大雪、冰雹、暴雨，台下的人是不肯撤场的。最可贵的是那些老一辈的秦腔迷，他们没有力气挤在台下，也没有好眼力看清演员，却一溜一排地蹲在残台两侧的墙根，吸着草烟，慢慢将唱腔品赏。一声叫板，便可以使他们坠入艺术之宫，"听了秦腔，肉酒不香"，他们是体会得最深。那些大一点的，脾性野一点的孩子，却占领了戏场周围所有的高空，杨树上、柳树上、槐树上，一个枝权一个人。他们常常乐而忘了险境，双手鼓掌时竟从树权上掉下来；掉下来自不会损伤，因为树下是无数的人头，只是招致一顿臭骂罢了。更有一些爬在了场边的麦秸垛上，夏天四面来风，好不凉快；冬日就趴个草洞，将身子缩进去，露一个脑袋。也正是有闲阶级享受不了秦腔吧，他们常就瞌睡了；一觉醒来，月在西天，戏毕人散，只好苦笑一声，悄然没声儿地溜下来回家敲门去了。

当然，一次秦腔演出，是一次演员亮相，也是一次演员受村人评论的考场。每每角色一出场，台下就一片喊喊喳喳：这是谁的儿子、谁的女子，谁家的媳妇，娘家何处？于是乎，谁有出息，谁没能耐，一下子就有了定论。有好多外村的人来提亲说媒，总是就在这个时候进行。据说有一媒人将一女子引到台下，相亲台上一个男演员，事先夸口这男的如何俊样，如何能干；但戏演了过半，那男的还未出场。后来终于出来，是个国民党的伪兵，持枪还未走到中台，扮游击队长的演员挥枪一指，"叭"的一声，那伪兵就倒地而死，爬着钻进了后幕。那女子当下哼了一声，闭了嘴，一场亲事自然了了。这是喜中之悲一例。据说还有一例，一个老头在脖子上架了孙孙去看戏，孙孙吵着要回家，老头好说好劝只是不忍半场而去，便破费买了半斤花生。他眼盯着台上，手在下边剥花生，然后一颗一颗扬手喂到孙孙嘴里，但喂着喂着，竟将一颗塞进孙孙鼻孔，吐不出，咽不下，口鼻出血，连夜送到医院动手术，花去了七十元钱。但是，以秦腔引喜的事却不计其数。每个村里，总会有那么个老汉，夜里看戏，第二天必是头一个起床往戏台下跑。戏台下一片石头、砖头，一堆堆瓜子皮、糖里纸、烟屁股。他掀掀这块石头，踢踢那堆尘土，少不了要拣到一角两角甚至三元四元钱币来，或者一只鞋，或者一条手帕。这是村里钻刁人干的营生，而馋嘴的孩子们有的则夜里趁各家锁门之机，去地里摘那香瓜来吃，去谁家院里将桃杏装在背心兜里回来分红。自然少不了有那些青春妙龄的少男少女，则往往在台下混乱之中眼送秋波，或者就悄悄退出，相依相偎到黑黑的渠畔树林子里去了⋯⋯

秦腔在这块土地上，有着神圣的不可动摇的基础。凡是到这些村庄去下乡，到这些人家去做客，他们最高级的接待是陪着看一场秦腔；实在不逢年过节，他们就会要合家唱一会乱弹，你只能点头称好，不能耻笑，甚至不能有一点不入神的表示。他们一生最崇敬的只有两种人，一是国家领导人，一是当地的秦腔名角。即使在任何地方，这些名角没有在场，只要发现了名角的父母，去商店买油是不必排队的，进饭馆吃饭是会有座位的，就是在半路上挡车，只要喊一声：我是某某的什么，司机也便要嘎地停车。但是，谁要侮辱一下秦腔，他们要争死争活地和你论理，以至大打出手，永远使你记住教训。每每村里过红白丧喜之事，那必是要包一台秦腔的；生儿以秦腔迎接，送葬以秦腔致哀；似乎这个人生的世界，就是秦腔的舞台。人只要在舞台上，生、旦、净、丑，才各显了真性；恶的夸张其丑，善的凸现其美，善使他们获得了美的教育，恶的也在丑里化作了美的艺术。

广漠旷远的八百里秦川，只有这秦腔，也只能有这秦腔。八百里秦川的劳作农民，只有也只能有这秦腔使他们喜怒哀乐。秦人自古是大苦大乐之民众，他们的家乡交响乐除了大喊大叫的秦腔还能有别的吗？

一九八三年五月二日于五味村

（选自《平凹游记选》，陕西人民美术出版社，1986年版）

县城风光

何其芳

　　濒长江上游的县邑都是依山为城：在山麓像一只巨大的脚伸入长流的江水之间，在那斜度减低的脚背上便置放着一圈石头垒成的城垣，从江中仰望像臂椅。假若我们还没有因饱餍了过去文士们对于山水的歌颂，变成纯粹的风景欣赏家，那么望着这些匍匐在自然巨人的脚背上的小城，我们会起一种愁苦的感觉，感到我们是渺小的生物，还没有能用科学、文明和人力来征服自然。这些山城多半还保留着古代的简陋。三年前，也是在还乡的路程中，我于落日西斜时走进了那个夔府孤城，唐代苦吟诗人杜甫曾寄寓过两年的地方，那些狭隘的青石街道，那些短墙低檐的人户，和那种荒凉、古旧，使我怀疑走入了中世纪。我无可奈何地买了几把黄杨木梳。那种新月形的木梳是那山城里唯一的名产，也使人怀想到长得垂地的、如云的、古代女子的黑发。

但溯巫峡而上，一直到了我的家乡×县，我们却会叹一口气，感到了一种视线和心境都被拓开了的空旷。两岸的山谦逊地退让出较多的平地。我们对于这种自然的优容，想到很可以用人力来营建来发展成一个大城市。也就是由于这，三十四年前外国人才要求开辟为商埠，而在地图上便有了一个红色的锚形符号，在那些破旧的屋舍间便有了一座宣传欧洲人的王道的教堂。

　　这个县城在江的北岸。夹着一道山溪，我们可以借用两个堂皇的名词来说明，东边是政治区域，西边是商业区域。旧日的城垣仅只包围着东边那部分。江的南岸是一片更平旷的大坝，曾有人预计随着这县城的商业的发达，那里会开辟成一个更繁荣的商场，不过这预言至今尚未应验。隔着浩荡的大江，隔着势欲吞食帆船的白色波涛，我们遥遥望见的仍仅是一片零落的屋舍附寄在那林木葱茏的苍色的山麓下，像一些蚂蚁爬在多毛的熊掌上。那是翠屏山。一个漂亮的名字，列为县志里的十景之一。关于十景，当我在中学里作本县风景记那个课题时倒能逐一举出，现在，恕我淡漠地说，早已忘记了。但从忘记中也有还能忆起的，翠屏山其一。此外在县城西边有一个太白岩，相传李太白曾在那里结庐隐居过，但在那岩半腰上实际只有一些庙宇、僧尼，并无任何证物可以说明它与那位饮酒发狂而且作诗的古人有过关系。当我在中学时，春秋旅行常常随着同学们爬上那羊肠似的几百级的石梯，最后在那香烛氤氲，几乎使人窒息的庙宇中吃着学校发的三四个鸡蛋糕。那时我虽不鄙薄名胜或风景，名胜或风景却也一点不使我感到快乐。岩脚下还有一个流杯池，那倒有碑为证，从那被拓印，被风日侵蚀而显得有一点漫漶的石碑上，我们可以读到一篇黄庭坚手写的题记，说他在什么时候经过这里，当时的郡守陪他游宴是如何尽欢。碑前面是一块大石板，刻着流杯的曲池。后来我在北平南海流水音看见了一个更大的曲池，才想到我家乡的那个胜迹大概是好事者所为，与古碑相映成趣而已。

现在让我又忘掉它们吧。让它们的名字埋在木板县志里再也无人去发掘吧。然而，十景之处，有一个成为人们所不屑称道的地方却是总难忘怀的，它的名字是红沙碛。

顺江水东流而下，在离开了市廛不久但已听不见市声的时候，我们便发现一个长七里半宽三里的碛岸。铺满了各种颜色各种形状的石子，白色的鹅卵、玛瑙红的珠子、翡翠绿的耳坠，以及其他无法比拟刻画的琳琅。这在哪一个孩子的眼中不是一片惊心动魄的宝山呢，哪一个孩子路过这里不曾用他小小的手指拾得了一些真纯的无瑕的欢欣呢。而且他们要带回家去珍藏着，作为梦的遗留，在他们灰色的暗淡的童年里永远发出美丽的光辉，好像是大地给予孩子们唯一的恩物，虽说它们不过是冰冷的沉默的小石子。

因为我的家在江的上游，孩子时候很少有机会经过这个碛岸。就是那仅有的一二次，也由于大人们赶路程的匆促，不愿等待，总是带着怅惘之心离开了那片宝藏，其悲哀酸辛正如一个不幸的君王被强迫地抛弃了他的王国。我常以他日的欢忭安慰自己，我想当我成年时一定要独自跑到那里去尽情地赏玩整整一天，或者两天。

然而我这次回到家乡并未去偿还那幼年的心愿。我不是怕我这带异乡尘土的成人的足会踏碎了那脆薄的梦，我不相信那璀璨庄严的奇境会因时间之流的磨洗而变成了一片荒凉。这回是由于我自己的匆促。匆促，唉！这个不足作为理由的理由使我们错过了，丧失了，或者驱走了多少当前的快乐呢？我们为什么这样急忙地赶着这短短的路程，从灰色的寂寞伸向永远静默的黑暗的路程？

在县城里我只能有一天半的勾留，我在乡下的家更盼切地等待着我。这是久旱的六月天气。一个荒年的预感压在居民们的心上。萧条的市面向我诉说着商业的凋零。

我不能忍耐这一副愁眉苦脸。对这县城我虽没有预先存着过高的期望，也曾准备刮目相看，因为已别了三年。而且据说它已从军阀手中解脱了出来。然而，容我只谈论一件细微的事情吧。关于我们这民族，我常有一些思索许久仍无法解释的疑惑，比如植物中有一种草卉名叫罂粟，当我们在田野间看见那美丽的微笑着的红紫色大花朵将发出怎样的赞叹啊，数十年来我们的国人竟有许多嗜食它的果汁而成了难于禁绝的癖好，而且那种吸食的方法、态度……我除了佩服我们的国人深深了解所谓"酒要一口一口地喝"的"生活的艺术"而外再也无法描绘了。我不说这种癖好在我的家乡是如何风行，总之我当孩子时候常常在一些长辈戚族的家中见到。他们是不问世事的隐逸，在抚摩灯盘上的小摆设时像古董收藏者，在精神充满时又成了清谈家。我的祖父是一个深恶痛绝的反对党。我却在那时候便疑惑为什么他们与那直接损害他们的身体健康的仇敌相处得那样亲善。如今在统一的名义之下，我对自己说，这种蔓延的恶习也许已剪除殆尽或者至少已倾向衰歇了。然而在街上仍容易见到，并且当我被人低声告诉时，我仿佛窥见了一个看不见的巨大而可怕的蜘蛛网，一种更剧烈的白色结晶性的药粉，竟传到这小城市里而且暗暗流行起来了。据说这种药粉常常被一片小纸包着附贴在女人们系袜带的大腿间以散播到许多家庭里去。但这些蜜蜂的腿是从什么地方攫取它们来的？为什么从前这山之国里没有这种舶来品现在却骤然流行起来？我只能以带有冷漠的疑惑的目光注视着那张贴在许多高墙上的严厉的"禁毒条例"。

此外还有更要使我感到迷惑而难于解释的事，这些诉说着商业的凋零的小市民竟怀念十年前驻扎在这县城里的那个小军阀了。那是一个很有名的小军阀，伴着他的名字有一些荒唐的事实与传说。

他到了这县城不久便把那一圈石头垒成的古城垣拆毁，以从人民的钱袋里搜括来的金钱，以一些天知道从哪儿来的冒牌工程师开始修着马路，那些像毒蟒一样吞噬了穷人们的家的马路。那时候谁也不曾梦想到世界上有公家估价收买的方法，穷人们只有看着他们的窝被辗车踏过去，怨着命苦，而有钱的人们却以贿赂使工程师的图纸上的路线拐一个弯，或者稍微斜一下，或者另觅一条新途径，保全他们的家宅和祖坟。所以我们现在走着的是忽高忽低、忽左忽右的马路。若是坐在人力车上，我们便像一块巨大的石块，上坡时车夫弓着背慢慢地拉，下坡时他们的脚又像中了魔法一样不能停留。

不过我记得那时富人们也一样蹙着眉头唉声叹气，因为他们虽然可以尽量享用施行贿赂的特权，贿赂要钱，完纳马路捐也要钱。那时的马路捐是一种很重很重的征敛。假若不是那样重，恐怕在层层分肥之后不能剩余一点钱来使马路向前伸展一尺。

我提起这件事并不是责备那位现在已流落到川省偏僻处的军阀，我倒是想说明他在当时的军人中还算一个维新党。他不仅到了什么地方就拆城墙修马路，而且还礼贤下士。凡是从省处回来的大学生，不管是不是真上过大学，只要穿着一身西服去见他，他便给一个秘书官衔。他先后的姨太太在十人以上；而秘书则恐怕在百人以上。除了另有要职的秘书，大概都无薪俸，只是可以随便叫勤务兵用风雨灯到军部去满满地盛一灯煤油。

他建筑了一个公园一个图书馆来装饰这小县城。那图书馆骄傲地踞蹲在一个很高很高的地方，常时要爬上数十级的使人流汗的石梯，因此冷清得像一座古庙。

他是一个野心家。他设立一个政治训练学校，想把他统治的区域"系统化"起来，就是说一切行政人员都用受过他训练的人。他对那些未来的县长、教育局长，或团练局长常常举行"精神谈话"。他说他第一步要统一四川，然后顺长江而下，然后将势力向江的南北一分，统一中国。这大概是他礼贤下士的原因。他喜欢人家穿西服，也就是提倡精神振作的意思。为着使这县城里的各色人等短装起来，他曾施行过一种剪刀政策：叫警察们拿着剪刀站在十字街头，遇见着长衫的便上前捉住，剪下那随风飘扬的衣的前后幅。不知为什么这新政策难于彻底实行。总之昙花一现后便停止了。

然而，已很够了，这些已很够使当时的小市民们蹙着眉头唉声叹气了。自我有知以来，我家乡的人们，在我记忆中都带着愁苦的脸、悲伤的叹息，不过那两三年是他们负担捐税最重的时候，而且他们还有着一种心理上的负担，对于那修马路一类新设施的顽固的仇视。

现在为什么他们还对那时候怀念，带着善意地怀念？

是的，那时候这小城市里商业比较繁荣一点。

我不能不用我自己的解释了……人是可怜的动物，善忘的动物。当我们不满意"现在"时往往怀想着"过去"，仿佛我

230

们也曾有过一段好日子，虽说实际同样坏，或者更坏。我们便这样地活下去。而这便是人的历史。

现在让我们在这忽高忽低、忽左忽右的马路上再走一会儿吧，让我们再赏玩一会儿这人间风景。颓旧的墙粉剥落的屋舍间有新筑成的高楼；生意萧条的商店里陈列着从上海来的时货；十几年前在街头流浪的孩子们现在已成了商人或手工人，但他们的孩子又流浪在街头，照样的营养不足，照样的脏。为着忍受"现在"这一份苦痛，我们是得把"过去"的苦痛忘记。好在我们能够忘记。

我记忆里的那一段亲身经历也就有点儿模糊了。

让我以这回忆来结束我们对这县城的巡礼。

那是一个天气很好的九月的下午，当我享受完了一个礼拜日的悠闲回到学校里去，刚刚踏上了校门外的台阶，便听见一阵连续的机关枪声在河中响起来了。学校的校址临近河岸。最近的交涉冲突我们也稍微知道一点。当我走进饭厅，晚餐已一桌一桌地摆好，突然震撼墙壁屋瓦的炮声怒吼起来了，我们都仓皇地从后门跑出去。在一个低洼的岩脚下我们躲避着。天空蓝得那样安静，但不断的霹雳从山谷反响到山谷。我们看着兵士搬运生锈的大炮到河岸去，一会儿又看着他们搬运受伤的回来。我记不清一直蹲到什么时候我们才回到学校去。但炮声停止后这县城还是在继续着燃烧，巨大的红色火焰在威胁着无言的天空。我们的学校却仅仅毁坏了几个墙壁。那可怕的硫黄弹打在墙壁的石基上没有能够延烧到校内的楼房。

第二天我和同学们出去看了一条街的灰烬。

然而我们又看看一些新的建筑物在那灰烬里苗长起来，渐渐地谁也忘记了那一场巨毁，正如忘记一次偶然的火灾一样。由于消防设备不善，这县城里常有一些大小的火灾发生，依据商人们的说法，这县城是越烧越繁荣。至于那次死亡的人民呢，那更比不上被焚毁的屋舍引人注意了。人这种动物实在是太多太多，天然的夭折与人为的杀戮同样永远继续着，永远不足惊奇。

这县城便是那有名的《怒吼吧，中国》的取景地，现在静静地立在特里查可夫所谓中国的伏尔加河的北岸。

十一月一日夜

（选自《何其芳文集》第二卷，人民文学出版社，1982年版）

一个消逝了的山村

冯　至

　　在人口稀少的地带，我们走入任何一座森林，或是一片草原，总觉得它们在洪荒时代大半就是这样。人类的历史演变了几千年，它们却在人类以外，不起一些变化，千百年如一日，默默地对着永恒。其中可能发生的事迹，不外乎空中的风雨、草里的虫蛇、林中出没的走兽和树间的鸣鸟。我们刚到这里来时，对于这座山林，也是那样感想，绝不会问道：这里也曾有过人烟吗？但是一条窄窄的石路的残迹泄露了一些秘密。

　　我们走入山谷，沿着小溪，走两三里到了水源，转上山坡，便是我们居住的地方。我们住的房屋，建筑起来不过二三十年，我们走的路，是二三十年来经营山林的人们一步步踏出来的。处处表露出新开辟的样子，眼前的浓绿浅绿，没有一点历史的重担。但是我们从城内向这里来的中途，忽然觉得踏上了一条旧路。那条路是用石块砌成，从距谷口还有四五里远的一个村庄里伸出，向山谷这边引来，先是断断续续，随后就隐隐约约地消失了。它无人修理，无日不在继续着埋没下去。我在那条路上走时，好像是走着两条道路；一条路引我走近山居，另一条路是引我走到过去。因为我想，这条石路一定有一个时期宛宛转转地一直伸入谷口，在谷内溪水的两旁，现在只有树木的地带，曾经有过房屋，只有草的山坡上，曾经有过田园。

过了许久，我才知道，这里实际上有过村落。在七十年前，云南省的大部分，经过一场浩劫，回、汉互相仇杀，有多少村庄城镇在这里边衰落了。在当时短短的二十年内，仅就昆明一个地方说，人口就从一百四十余万降落到二十五万。这里原有的山村，是回民的，可是汉人的，是一次便毁灭了呢，还是渐渐地凋零下去，我们都无从知道，只知它是在回人几度围攻省城时成了牺牲。现在就是一间房屋的地基都寻不到了，只剩下树林、草原、溪水，除却我们的住房外，周围四五里内没有人家，但是每座山，每个幽隐的地方还都留有一个名称。这些名称现在只生存在从四邻村里走来的，砍柴、背松毛、放牛牧羊的人们的口里。此外它们却没有什么意义；若有，就是使我们想到有些地方曾经和人生过关系，都隐藏着一小段兴衰的历史吧。

我不能研究这个山村的历史，也不愿用想象来装饰它。它像是一个民族在这世界里消亡了，随着它一起消亡的是它所孕育的传说和故事。我们没有方法去追寻它们，只有在草木之间感到一些它们的余韵。

最可爱的是那条小溪的水源，从我们对面山的山脚下涌出的泉水；它不分昼夜地在那儿流，几棵树环绕着它，形成一个阴凉的所在。我们感谢它，若是没有它，我们就不能在这里居住，那山村也不会曾经在这里滋长。这清冽的泉水，养育我们，同时也养育过往日那村里的人们。人和人，只要是共同吃过一棵树上的果实，共同饮过一条河里的水，或是共同担受过一个地方的风雨，不管是时间或空间把他们隔离得有多么远，彼此都会感到几分亲切，彼此的生命都有些声息相通的地方。我深深理解了古人一首情诗里的句子："日日思君不见君，共饮长江水。"

其次就是鼠曲草。这种在欧洲非登上阿尔卑斯山的高处不容易采撷得到的名贵的小草，在这里每逢暮春和初秋却一年两季地开遍了山坡。我爱它那从叶子演变成的、有白色茸毛的花朵，谦虚地掺杂在乱草的中间。但是在这谦虚里没有卑躬，只有纯洁，没有矜持，只有坚强。有谁要认识这小草的意义吗？我愿意指给他看：在夕阳里一座山丘的顶上，坐着一个村女，她聚精会神地在那里缝什么，一任她的羊在远远近近的山坡上吃草，四面是山，四面是树，她从不抬起头来张望一下，陪伴着她的是一丛一丛的鼠曲从杂草中露出头来。这时我正从城里来，我看见这幅图像，觉得我随身带来的纷扰都变成深秋的黄叶，自然而然地凋落了。这使我知道，一个小生命是怎样鄙弃了一切浮夸，孑然一身担当着一个大宇宙。那消逝了的村庄必定也曾经像是这个少女，抱着自己的朴质，春秋佳日，被这些白色的小草围绕着，在山腰里一言不语地负担着一切。后来一个横来的运命使它骤然死去，不留下一些夸耀后人的事迹。

雨季是山上最热闹的时代，天天早晨我们都醒在一片山歌里。那是些从五六里外趁早上山来采菌子的人。下了一夜的雨，第二天太阳出来一蒸发，草间的菌子，俯拾皆是：有的红如胭脂、青如青苔、褐如牛肝、白如蛋白，还有一种赭色的，放在水里立即变成靛蓝的颜色。我们望着对面的山上，人人踏着潮湿，在草丛里，树根处，低头寻找新鲜的菌子。这是一种热闹，人们在其中并不忘却自己，各人钉着各人目前的世界。这景象，在七十年前也不会两样。这些彩菌，不知点缀过多少民族的童话，它们一定也滋养过那山村里的人们的身体和儿童的幻想吧。

这中间，高高耸立起来那植物界里最高的树木，有加利树。有时在月夜里，月光把被微风摇摆的叶子镀成银色，我们望着它每瞬间都在生长，仿佛把我们的身体、我们的周围，甚至全山都带着生长起来。望久了，自己的灵魂有些担当不起，感到悚然，好像对着一个崇高的严峻的圣者，你若不随着他走，就得和他离开，中间不容有妥协。——但是，这种树本来是异乡的，移植到这里来并不久，那个山村恐怕不会梦想到它，正如一个人不会想到他死后的坟旁要栽什么树木。

秋后，树林显出萧疏。刚过黄昏，野狗便四出寻食，有时远远在山沟里，有时近到墙处，做出种种求群求食的噪叫的声音。更加上夜夜常起的狂风，好像要把一切都给刮走。这时有如身在荒原，所有精神方面所体验的，物质方面所得获的，都失却了功用。使人想到海上的飓风、寒带的雪潮，自己一点也不能做主。风声稍息，是野狗的噪声，野狗声音刚过去，松林里又起了涛浪。这风夜中的噪声对于当时的那个村落，一定也是一种威胁——尤其是对于无眠的老人、夜半惊醒的儿童和抚慰病儿的寡妇。

在比较平静的夜里，野狗的野性似乎也被夜的温柔驯服了不少。代替野狗的是麂子的嘶声。这温良而机警的兽，自然要时时躲避野狗，但是逃不开人的诡计。月色朦胧的夜半，有一二猎夫，会效仿麂子的嘶声，往往登高一呼，麂子便成群地走来。……据说，前些年，在人迹罕到的树丛里还往往有一只鹿出现。不知是这里曾经有过一个繁盛的鹿群，最后只剩下了一只，还是根本是从外边偶然走来而迷失在这里不能回去呢？反正这是近乎传说了。这美丽的兽，如果我们在庄严的松林里散步，它不期然地在我们对面出现，我们真会像是Saint Eustache一般，在它的两角之间看见了幻境。

两三年来，这一切，给我的生命许多滋养。但我相信它们也曾以同样的坦白和恩惠对待那消逝了的村庄。这些风物，好像至今还在述说它的运命。在风雨如晦的时刻，我踏着那村里的人们也踏过的土地，觉得彼此相隔虽然将及一世纪，但在生命的深处，却和他们有着意味不尽的关联。

一九四二年，写于昆明

（选自《冯至选集》第二卷，四川文艺出版社，1985年版）

图书在版编目（CIP）数据

乡风市声 / 钱理群编. --长沙：湖南人民出版社，2023.9
ISBN 978-7-5561-3196-9

Ⅰ.①乡… Ⅱ.①钱… Ⅲ.①散文集－中国 Ⅳ.①I26

中国国家版本馆CIP数据核字（2023）第039995号

乡风市声
XIANGFENG SHISHENG

编　　者：钱理群
出版统筹：陈　实
监　　制：傅钦伟
选题策划：北京领读文化
产品经理：领　读–李　晓
责任编辑：张玉洁
责任校对：夏丽芬
装帧设计：广　岛·UNLOOK
　　　　　unlook-g-xingdao.com

出版发行　湖南人民出版社有限责任公司〔http://www.hnppp.com〕
地　　址：长沙市营盘东路3号　　邮编：410005　　电话：0731-82683313

印　　刷：湖南凌宇纸品有限公司
版　　次：2023年9月第1版　　　　　印　　次：2023年9月第1次印刷
开　　本：880 mm × 1230 mm　　1/32　　印　　张：8.5
字　　数：176千字
书　　号：ISBN 978-7-5561-3196-9
定　　价：43.00元

营销电话：0731-82683348（如发现印装质量问题请与出版社调换）